华东师范大学出版社六点分社 策划

SELECTED POEMS OF
JUAN CARLOS MESTRE

梅斯特雷诗选

[西班牙] 胡安 · 卡洛斯 · 梅斯特雷 ——————著

施　洋 李　瑾 ———— 译

华东师范大学出版社
上海

写在前面的话（代序）

点点

1

荷马史诗，是一种“史记”的写作。用“荷马”来命名诗歌奖，与当今世界林林总总的诗歌奖相较，颇有一分古今之争的意味，也许这是欧洲人试图拯救诗歌传统的念想，至少象征一种对欧洲盛行历史虚无主义的抵御。

2

中国诗人喜好起笔名，于是汉语诗坛上有了一堆风生水起的笔名。每每谈及，几分怪诞，几分神秘。有一个女子，硕士班里 10 个同学，她恰好排行第四，于是诗坛上就多了一个笔名：赵四。

赵四，博士，诗人，编辑。热情，干练，率真。2017 年，她受邀担任欧洲诗歌暨文艺“荷马奖章”评委会第一副主席，并萌生了将一些适合中国读者的获奖诗歌逐译成汉语的想法。于是，有了“荷马奖章桂冠诗人译丛”的问世。

赵四，这套诗歌译丛名副其实的主编，她遴选文本，联系版权，组织译者，并亲自参与翻译。她对汉译本诗集犹如她在《诗刊》做编辑及主持《当代国际诗坛》的工作一般认真把关。她自己写诗，自己译诗。一篇《译可译，非常译》

的文论是她多年译诗的串串心得，从中你可以感受到她的学养和历练。

3

瓦雷里（Paul Valery）曾言辞雷霆：是波德莱尔将法语从三百年只有散文（essai）而无诗的状态中解救了出来。瓦雷里实际上提出了现代诗歌的标准：将词的创造附着在现代性的个人经验之中。诗不是用念头写出来的，而是用词的节奏来传达表现的（马拉美语）；直至诗人保罗·策兰（Paul Celan）在绝望中写下了《死亡赋格》的绝唱，哲学家阿多诺（T. W. Adorno）竟然能从策兰创造的词语中听到二战集中营“尸体”发出的尖叫声响！阿多诺在提醒诗人，诗不只是到语言为止……

有人言，现代诗歌始于波德莱尔，终于保罗·策兰。如今全球诗界同行大抵在不同的国度、不同的纬度、不同的时空，用不同的语言写着同一种诗歌，他（她）们相互取暖，彼此捧杀，这是当今中外诗人的残酷处境。

现代诗歌，崇尚启蒙运动的语言及语言的节奏，诗人的思想语法不断地制造出一种“政治正确”的趣味。精致和极端是现代诗歌的特质，宛如对自己施暴依旧保持着一种“哀雅”的风姿。精致的尽头，是自恋自虐自慰的欣赏；极端的反面，是枯竭平庸肤浅的释放。诗歌与诗人分裂了，诗歌的“美”与诗人的“德”分离了。

阅读现代诗歌，我们不仅需要保有一份热情和执著，也必须同时保持一份清醒、自觉。因为诗歌作为语言的皇冠，可以藏龙卧虎，但正因为是皇冠，也是藏垢纳污的好地方。

4

在自媒体泛滥的互动时代，AI 机器人也开始写诗了，并且登上了银屏和舞台，诗人的桂冠逐渐被剥夺或取消了，诗人作为一种精神贵族的象征逐渐丧失梳理自己羽毛的能力，诗歌对人的“压迫”或“催眠”也终将被消解。

我曾向诗人萧开愚求问：诗歌死了？他的回答是肯定的。但他，他还在写作……我突然明白，诗歌的“葬礼”还在“进行式”中……出版以“荷马”命名的诗歌，是我们这一代人“怕”和“爱”的坚持，是我们一代人向“诗歌”行一个注目礼。

是为序。

授奖词

胡安·卡洛斯·梅斯特雷，荷马，两个不需要任何修饰成分的名字，在辉煌的诗歌传统之路上早已相遇：生、死、爱、虚无，以及由此幻化的万事万物，在你们手中生长、变形、发展出无穷无尽无法全然知悉的细密。梅斯特雷，一如其名之拉丁语源“循循善诱之师”，尤其属意乡野风光，或水泽山林、牧犬农人，或城市和坟墓脱去人工之后的模样，甚或尚未被梦到的文化，在理性衡量和权力击打的权杖触不到的地方，用彩色墨水写和画，用泥和金属造神之形，更用敏锐的默念，撬开词语的声响——田园如何会寂静呢？作为这时代的游吟诗人，他俯拾便有乐器，打开喉咙都是歌，真与美以他的诗和音乐重获形式新生。从风景般规整到经卷的笃定，再到散文诗直至生僻动词的肆意叠加，他越来越追逐教堂钟声之前的真与美，轻快如风，欢乐如游戏，戴面具，出元神，让嘲讽的魔鬼附体，任荒诞的磁场逼近，最终达至想象力的本质：从“人”彻底拔除，为伴神之左右。

施洋　执笔

目　录

诗歌失宠（1992）

济慈墓（1999）

红房子（2008）

面包师的自行车（2012）

附录

2018荷马奖章受奖答词

胡安·卡洛斯·梅斯特雷　施　洋　译

据传说（传说是没有嘴却有声的诗，在它那里，词语的灰烬还是旺盛的火焰），荷马的名字可能源于希腊语里的“人质”，被某种暗黑力量控制的奴隶，隔绝了自由的神圣景况。还有一些人说这名字代表失明，因为他看不见，作为一个穿过世界的寓言给我们讲故事的盲人，讲那些并不因为看不见就在人心中失去真实感的故事。在众多神话的十字路口，他道德形象奠基的地方，荷马可能确是黑暗的人质，被天空和大地、人和神的视像扣留，语言的囚徒，只能通过歌唱栖居在空气的房子，历史的声音，发自法律无法质疑个人意志的唯一一处空间：记忆深处。从那时起，诗歌便是打败遗忘的特洛伊木马，荷马就成了文明激烈冲突的战场上，第一位用人类精妙的语言挑战暴力行为的英雄。面对战争的悲剧，他讲述了另一种联结众生的兄弟情谊；面对复仇，他思考同情；面对死亡的世界，他重建希望的岛屿，让爱和乌托邦——所有有待被梦的梦——扎下根来。

诗人是盲人，给迷路者指路，踏行在不公的渊面，驻扎于残酷的郊外，把自己的证词印在时代的知觉上。他的声音是挑战也是哀求，是形式美和行事正之间对话时达成的一致，是对不义的抵抗，是接受“恶”内在于人类的习惯；伦理的愤怒，人对悲悯的表现形式采取极端态度时下达的战书，荷马比我们更早看清了可以罢黜战争史诗，它只不过生成了词语文明的失败，总是被别人、受害者、人类的祖国噤声地讲述，没有胜利者失败者，只有死者和为死者的服丧。

荷马所唱的，跟马拉美的蟋蟀所唱，原本是一样，纯洁大地的神圣之声，从记忆的暗海浮出的牺牲者，在对幸福的想象中享受新的机会。是才智，作为一种荣誉，把脚步的乡愁导向诗歌没有门的家，让每一位难民找到爱的温床，让异乡人找到安放心中象征之树的根。诗是难民营，供逃离秩序表述的词语触碰事物隐秘的真知，打开关于未来富于意味的视界。

我也是一个瞎子，通过词语才能看到东西，天然语言受限的人质；拼命往前赶路的可怜人，面前是深渊，骇人的权力结构把人压缩成政治高利贷和经济奴役制的一个统计数字。

皮埃尔·保罗·帕索里尼说过，做一个没有教养的人意味着故意放弃对人的尊重。把人变成一个文化事物也许是荷马之后所有诗人看不见的任务，用“说”重塑人性尊严，记住，让人记住，像他者看渺小脆弱的我们那样看待自己，在求取知识走向解放的冒险中分享命运。

我激动地接过这块刻着荷马名字但面目不清的奖牌，用盲人接受一枚硬币的谦卑，这枚硬币最大的价值是相知、慷慨和信任：总有一天，星星会属于创造星星的人，总有一天，词语的道德回声也许有助于此，孤独者不再那么孤独，需要正义的人更得理智的协助，面对暴君和独裁者不再如此脆弱，柔软不安的人是世界最美的未来之光。同样，反叛习惯的人会为想象之梦的精神地平线写作新的书页，对他们来说，真的，未来某夜，月亮的盲奖章会是荷马看过的同一轮，而现在，你们宽爱的手带着友情和偶然放在了我的手上。我会好好保管这枚奖章，传递它意志中光亮的爱意。诗，我的老师安东尼奥·加莫内达写过，不是怯懦者能停留的地方。勇毅是诗歌之曜今天在荷马盲眼中的闪亮，他对世界拯救的目光。

谢谢。

序　诗如觉醒

胡安·卡洛斯·梅斯特雷　赵振江　译

诗歌或许是某种觉醒，这种觉悟是用任何其他方式都无法获得的；面对环境严峻的挑战，忍受时代物质的匮乏，将记忆的持久变成道德话语的遗言，平衡所有沉默者的理性与那些尚未出生者的前途，诗歌或许是置身于世界的一种方式。

继续回忆并憧憬未来的乌托邦依然是可能的，倾听并继续发出诗歌的声音依然是可能的。从少年时起，我所倾听的一切，我所关注的一切，无不与诗歌有关，这里的诗歌应理解为人类脆弱的语言。这是在权势面前的另一种处世方式，在无辜者和被解除武装者魔幻般的神谕中使那些干扰通过左耳变得和谐的另一种方式，我们这些无辜者和被解除武装者，依然相信在夏加尔的天空中一头蓝色奶牛演奏提琴的革命的用途，远远胜过乌托邦梦想所有强行征召的懿旨。

这是诗歌的第一个乌托邦，是诗歌存在与变化的可能性，其面对的是指令话语的唯一思考，是权威语法规范的语言和知识界对其补偿不无愧疚的遗产，这补偿是对正义、善良和梦想的背叛。

尊严这个词尤其是在没有尊严的人中常常激起笑声。奥斯卡·王尔德说，社会常常宽恕罪犯，却从不宽恕梦想者。在诗歌的声音中有类似的现象，在英雄们恼人的叙述中常常宽恕他们明显的令人厌恶之处，为他们在观赏黄昏花朵中的冗长的逗留辩解，让他们在十四只脚的猫群中张扬的信仰肃穆的修辞占领讲堂，而对人类卷入的苦难却很少谅解，在对导致战争爆发的口角的置若罔闻中，容得下紫罗兰上的露水，却容不下被抛入苦难历史的无情深渊中的鲜血。

我要说的是，诗中还另有一条街道，留给那些默默生活在空中的人们的声音。像出租车司机一样的话语，将人们带到他们想去的地方，他们帮残疾人拿行李，为流浪者指路。从一个寂寞的国度抵达诗歌的声音，从一种不可解释的信仰抵达诗歌的声音，这信仰属于将诗歌理解为收复幸福权利的人们。

或许现在也是承认作为智慧文本的乌托邦失败的时刻，它用对未来的提前怀念取代了其对“不存在之地”发自内心的憧憬，也就是说，这“不存在之地”尚可憧憬。“尚可”，就是对蓝图的想象，从抵制批判的思想出发，重建在新的谜一般的假设中失败的领地。我说谜一般，即一种隐蔽意义的未知数，而并非真实，或确信能找到。这是一种被文学和艺术批判的直觉梦想在神秘的悬念中的“尚可”。我们生活在错位中，生活在可能有的“好地方”的对立面中。在我们不幸的现实中，否定的社会学导致了对我们不承诺理性的灼伤，仅此而已。那个被托马斯·莫尔理想化的梦想的共同遗产，今天已变成了一个尸体的深渊，一个寻找面孔的公民们无法解读的名册。不可思议的东西在可能的世界的美好中发生了，在此，在力图为幸福命名的话语的周围，只能看到一部受制于对罪恶忠诚的历史。

我说的是岸边，我们话语的一切魅力在那里已告结束。乌托邦、梦想及其与幸福神话结合的威信产生了明显的后果，对努力维护其本性的人类之生存的变本加厉的蔑视。它已经和世界的宗教理念联系在一起，就如同取代上帝的形而上的隐喻，像加缪所想，将乌托邦的设想置后，通过反抗其力图改变的外在世界和具有我们悄悄地称之为精神的内在思想的个体，不断地推迟自己赎救他人的愿望。梦想的承载者，自由的接生婆，她用古老的幻想之水为希望洗礼，在怀疑论中奄奄一息；她的废弃常人的危险区域的企图已经汇入思想的屈从，汇入存在的窘境，其唯一的界线是对恶劣气候的预感。

我说的乌托邦，应换成诗歌，即使它成为可能的语言，它发出道德的声音，它在人类觉悟中的和谐不断延续语言的表现。诗歌如同不起作用的诉说，除了模拟的身份，没有别的目的，和分散之谜的宇宙紧密相连，这些谜构成了我们与世界相关的知识。诗歌，一种没有口的诉说，对永恒真理的寻而不遇，使希望的征兆变得毫无道理地坚不可摧。这些征兆，即在用语言通报“他物”的艺术中猜测的碣碑，伟大疑问的迹象，倾向于掌控没有不幸之命运的巴别塔的远古的信号。一个语言的乌托邦，其向往并非改变地方的现实，将它对抗死亡的魔咒戏剧化，也并非将前途的含义提前。冲突和矛盾的诗歌，与善良所有想象的愿望相符的多种话语，使我们能听到寂静，初始之前绝对的寂静和经过之后最终的寂静。

人类脆弱未来的构建同样取决于一种诗的精神，一种乌托邦，对此我没有更好的、对我说过的一切或许会赋予稍许意义的话语：这就是我们不相信的善和美，在他人面前，我们忘记了所有的同情，具有魅力的时间便会结束，但同情的语言会再现，这就是诗歌觉醒的第一项作为。

最初的念头（约 1974）

利物浦，纳粹轰炸下，约翰·温斯顿出生了[①]

父亲，你离开了我，但我从来没离开你……

利物浦，纳粹轰炸下，约翰·温斯顿出生了
父亲一失去消息
母亲就给他买了支口琴
她被喝醉的警察撞上的时候
他十七岁
不再剪头发
在米米姨妈家继续吹口琴
父亲，你离开了我，但我从来没离开你……
约翰·温斯顿戴圆框眼镜
抱猪拍照
认识了一个日本女人
不怎么漂亮　但是颗炮弹
约翰·温斯顿觉得自己比耶稣还受欢迎
约翰·温斯顿被授予大英帝国骑士
把勋章送给米米
她骄傲地挂在墙上　电视机上面
1980 年 12 月 8 日　某个查普曼向他开了六枪
当天 23:15　约翰·温斯顿被宣布
死亡？

---

① 原诗无标题，取第一行作标题。

孤挺花赞

聚在我的孤独中 比震惊的天空还独有 噢 我爱且被知晓处持续的光 孤挺花 悲伤。没有人比我在猜测出的不柔和麻风病里更合法 或者 被吸引的人们 无论你是谁 请看你贴地赤裸的白色嫉妒 重新缝合荣誉与罪的长衫。请诸位齐声相助愿你们安好 比嘲笑藏得还深 或者在气恼里愉快地主导 不满意 也不服从 没有你名字在牢门上的任何轻松 请像听得见的麦穗一样在晚香玉里氤氲 颤出果敢和钢 打开伤口 浮游在快意之上 当你的赤裸在门廊出现 请留下一些念头 和蒸汽式面粉。如果那个特别粗笨猥琐的人是男的 就不该产生停驻更多爱抚的皮肤 你生于一个透雕的吻 早上 你公然起火 四处走露 最古老的美丽国家 缝隙是鸟儿们的衰老 如此谨慎又简单的武器库 装满秘密 卷发和舞蹈 漂亮的捻线杆 阴影里一个相对的阴户里好多条线 之后 白天发生了 树林与毛虫之间的世系诞生 太阳无比正确又耀眼 骑马般跨上被欣赏的各处 各处 赤裸的草将亲吻你连续步伐的脚跟 你来 啊 圆满 就像一个愿望 想要一个迷宫来找到你 你用口水复习温存 用透明的盛装谨慎等待蝉和菖蒲装饰。在愉悦中得到巩固 你用丝绸供奉起自己 轻纱的激流冲向爱阴影的肩膀 冲破把你变得更美的最女性化的男性想当然的现实。你 斜倚着精心 不休战地任性 啊 我追随的美丽火堆 我最初也以为残忍的火堆，孤挺花 略有点悲伤。

五月挽歌

我想轻轻飞到高耸的山峰

那里光是新的 春天

爱的新形式

希尔韦托·努涅斯·乌尔西诺斯《在我心中》

因为今天对你来说是五月，我沉默中痛苦的朋友，表情有死亡那么具体的灿烂，记忆被静默在耐心里，耐心，深渊，渊里你是大地的盐、真相、从创世而来的痛的回声。我想，不在场是一个空影子，一个白色的恐惧，追问人在哪里。夜濒死的辉煌 火是存在但变成了灰。生 又远又骇人，我想要没能要的继承，生是夜和不在场，我的朋友。我问回忆，走进不变的蓝，我想你是一支优雅的晚香玉，幽暗里的乌鸫，五月 我把你放在山谷的生活里，定音鼓，小皇冠，你眼里一阵盲目的光欢腾，诗人，树林里的串铃摇出快乐的撤退，我赶到你笛子、庄稼、响尾蛇的欢笑里了，灵魂里一条河看着我，我看着自己，我死了，我知道。

是想吃樱桃的时节，我给你讲故事的一天，被光和清晰加持，就在这里，水传着流言但并不讨厌的地方，无尽的雨像漂亮的树脂。我要留下来 陪五月里的爱情 晒台上丁香开受够了晨昏 世界上所有的快乐都顺着白天的泉流进来 已经不再是秋天 诗也仅仅作为安慰 没有人住的家里 加里·库珀在跟星期日的下午说话 雪中罢工 学着去爱七几年那个冬天八点档电影里的梅·韦斯特 之后一首十四行 继续因为十四道重伤而死 五月紧张的夜 白天的眼皮把太阳放在你家的窗口 河接着流 栅栏继续保护一无所有 天竺葵里用光宣告的朋友们 你中午的声音比神秘更女友 这个早上 五月在伤感里出现 我知道 就像石鸡飞起 戴胜挑一颗栗子 今天是五月 一片隐秘的海延展着玻璃海滩 我的心开恐惧的花 还有一点点你的善良 麦浪应该也住在我们中间 哦我的同伴 神和春天的伙伴 藤上的葡萄串穿起丧服 六月的绿背盖满叶子鸦片伸懒腰 悲伤生长 像风高高的前额上一滴糖浆

五月所在的地方 没有那么多十字架 那是遗忘的旗帜 千层饼树脱光的秋城被禁止 不 这一刻起 温柔开始 山像一只巨大的昆虫 在草的古诗琴里 在八月对黑麦的渴望里 响了又响 出生时刻的钟声 现在我看着你 大教堂都响了起来 因为灵魂里的马鞭草 生命之痛里的玉米 生命 你所有的喉咙最热切的复活 睡着的木头在六弦琴里重新出芽 红酒血里夜莺的小钟。

哭泣好远 在那段距离里 五月是不在 你不在 家里只留下鸽子。

给聂鲁达（带葡萄）的歌

智利海滩 紧挨着浪涌的白色山系（风催来暴雨和蓝色的快乐海难）生成一首给巴勃罗的歌 有葡萄的歌。他的声音进入多雨南方潮湿的毁灭 他的光抓挠像一滴沙 巴勃罗进入天竺葵 进入亮闪闪的铜柜 带着他悲伤的巴士 里面装着所有纽约和奇廉省的印第安人 沙漠 十月和鸽子。巴勃罗笑 带着对悲惨世界的希望 哭 从和平之海向迷宫暗处上升 戴一串紫红辛辣的大蒜项链 用刀下最绿的词抬起树林 他在鸟儿身边的一层牛至上 是梦省里一顶无人的贝雷帽。世界想起要出生的时候 你从你的袜子里出来 风的间谍 珍珠里珠母的强盗 你抵达地震或茉莉埋下的荒凉石头 抵达鳗鱼藏身的爱的书法 用对身体和李子带香味的发现 对沸腾的海进行统治。巴勃罗顶着冬天的鼻子出来听星星 玉米理发师 泉边的核桃贡多拉，他来打开天光（马波乔火车站的藤架女工如同百合）用光邀请填埋的工人（最明确的大地之子）。于是巴勃罗是路 大家都开始行走 雪掠过火山 让更高的东西不再限于惊奇 耳朵上剪标 西奥多拉基斯在希腊的海滩上向你哀求最古老的向太阳的致敬 大地喧嚣 填满运动场 火星上紫色的原野 睡着的记忆 绝对的圆。如此属于所有人 一首听起来散漫的歌 都来听了 那些从不相信生活的人 在希望里保留面包属性的人 在冷和月里最赤脚的人 大声互称费德里科 萨尔瓦多 拉斐尔 安东尼奥的人 所有是他们 曾经是他们的人。但你发生得更快 比闪电还快 像硝石和口渴一样可能 你出现窗 在最哀伤的祖国 毗邻痛和甜的词语 步枪的词语 蝴蝶的词语 从来想象不到的名字的词语 有耐心 风 人松节油和洋葱 南蝎 指环和灯的词语 所有钟和船声中的一个声音里 你取了南方和海的姓 智利的海滩不哭 世界的水不哭 你是广袤湖中的蓝 你是雨 是海抵达马德里的浪 是沿着杜罗河上诉的停着海鸥的龙骨 泡沫 帆船沿着半个世界打开的面积 在巴黎 节日盛装 大面具神奇地巡游大教堂 卢浮宫玻璃上是你的纳芙蒂蒂牡蛎 你主教和行星的收藏 你无数的丰盈女人 但今天 世界悲伤 很悲伤 最悲伤的那天 羊驼悲伤 旗帜悲伤 没有雨 没有吉他 没有人有心情 你重新向死出生 最温和 最轻柔 那只鸽子出生了 最终 但是 尽管生命继续存在 巴勃罗再次对死亡微笑 马心跳如豹 脚手架爬满西瓜 老虎和葡萄汁和颂歌让羞耻惊奇 直到字典对白色难为情睡去：亚马孙在文字里暗暗响亮生长 词语成了美洲丛林里的蛐蛐声 统治的动词从来没有握紧长矛 副词站着小逗号四下惊醒 名词充当步兵。啊所有声音中间最果味的声音 樱桃的味道 苹果的味道 鱼的味道 巴勃罗·内夫塔里最美的瘦子 把心挂在外面的人 海螺收集者 龟兔赛跑的巴勃罗·聂鲁达 沉默的聂鲁达。

萨福来访（1983）

萨福来访（之一）

——致罗兰·巴特

永远

萨福，亲爱的，我给你带来最热切的消息，我的表情、动作，都向你的名字致敬：

大天使降临，举起号角，不活也没死掉之人的粉笔，在另一位王子的镜上画他在空间中的缺席。丧偶的香脂向外变化不定地走，舌头被压制的看护者，卧室与手的甜蜜弯度分离。肩膀从婚礼体验到承担灵魂的愉悦，这是他借予神秘之物的树状才智。由此 爱像花丛中的蛇 迎向符号牢笼之雨。观看名媛的剧目是对死亡的游离词语的挑衅 未烧透的木柴大笑着叉掉从葬礼走丢的聚会 无论人体模特还是管家 在跟反面调协的舞台上都没有位置 说 学校 椰枣 腹股沟的人 说骑士的人 命名了在时间的地窖 海的皮肤 阿尔卡沙白色轮廓后的沙丘背面 萨福，魔术师的相机把原谅藏在了哪个梦或者被施了魔法的理想国 在哪里 断章不小心的瓦砾滚动而不被另一个虚无的外围认出 被扔向天空的东西 黑暗的海天使像被少女们的触觉封印的鱼 在哪里 萨福 被选中的男人就是被选中的女人 正午打开空桃花心木盒的戒指门 里面 狗舔着狩猎的硬币 舞者会带着蜂蜜前来 他们有葡萄 睡着的肝 倒在欧洲蕨上 欢愉的给予者 在胸的旅店 保存起杏仁和

一个方形生物的腔 相似者戴着奶手套赶来 还会赶来摔碎酒杯（充满对无花果嫉恨）的人 他们会问 哪个箱子里 忧伤逐渐崩溃 他们会问 哪只忠诚的手会点亮同情的机器 母亲们的守灵会 搅乱黑人小孩守灵会的音乐 环行的河 树脂的河 寂静庸俗地变形的河 他们会问起你 温和的小潘神 亲爱的罗兰 前文本的欣快

夜的记忆

今晚 不是更近或更赤裸的另一晚 我要开始生活 经过一个高个子男人 桉树一样高 我不再是我 他打听肉店主人的时候 他进来 终结了所有的血 世界的哀嚎变得畅快 嚎所有的生 不嚎任何死

今晚 不是更痛或更深的另一晚 我要开始出生 经过一个孩子 带着更多步枪而不是更多笑容 我不再是我 他打听饥饿主人的时候 整个大地的希望感动了 因为报复 或者因为愤怒

今晚 不是更悲伤或更黑暗的另一晚 我要开始相信 经过一个女人 很像我的妈妈 我也是我 她打听我的时候 我认出自己 痛苦 羞愧

今晚 不是更残忍或更自杀的另一晚 我要开始死去 恨我的人跟我打招呼 我不再是我 他打听我工作的时候 可怕的和蔼 一颗子弹梦到我

今晚 不是更被渴望和爱的另一晚 我要开始唱 寂静巡察了我拥有的东西 我不是我 当星星在恐惧里闭嘴 判决 或惩罚

今晚 不是更盲目和隐秘的另一晚 我要突然出现 这么多人都被压缩成了影子 我都不是我了 当我们聚在一起 现在你不存在绝望和可怜

今晚 不是更美更遗憾的另一晚 我要去问面包在哪里 死神经过 全身燃着面粉 我不是我 当雨回应 落在虚无里 耐心还是勤奋

今晚 不是更不确定或谎言的另一晚 我要忏悔自己的恐惧 有人点了篝火 我也在火焰里 当被禁止当欲望燃烧 区别或罪恶

今晚 不是更信任或友爱的另一晚 我要叹息着放弃 一份爱抚控告我 我不是我 当人们在空中写下我的名字 被判决或者欢欣

今晚 不是更冷或更无关的另一晚 我要朝着永远出发 死亡永无止境 我不是我 当亲吻被愤怒虐待 宗教或失败

今晚 不是更夜或更永久的另一晚 我要想着自己在呼吸 因为一个词淹死在一本书里 我不是我 当人们为世上的恐怖之事鼓掌 神圣性 或毒

今晚 不是更荒凉失落的另一晚 我要向暴君上书 奶奶拿着

花走过 活生生的 我不是我 当她朝天空哭 连祷或神迹

今晚 不是更隐藏更遥远当另一晚 我要留下陪你 灵魂的丛林里出没了一只怪物 我不是我 当大家高喊伤口啊伤口 政府或法律

今晚 白天的每一晚 我罪恶的朋友 让我告诉你 生活在过我不是我 当一个人坐下 来跟我们谈论毁灭或诗歌。

萨福的七位男友，李伯和另一个人

泰勒斯

水是万物本原，他说，人们说。愿水悄声涌现，游动，月幻化成鱼，淹没中心广场。让水成为编织潮气的线团，让松乳菌生长，这样，从前空对死寂大地的人们兴许能显得享受。大瓦罐漫出来，像泉源的狂欢，一切跟水有关的疑问都解开了。浸在锻炉里，铁匠试探着火的耐性，请打断那种渴，造出可航行的距离。我们把财宝藏在芳香黏土的花瓶吧，我们为未被埋葬随波逐流而自豪吧。啊，水，透明的墨，真恰到好处的色泽！

阿那克西曼德

做那无形者的形 常来到世上 生 发 现 长 面世 不穷尽。每个事物的内在美德 越是消逝越是在场。知道你的真相模仿一切。最好心的品质是精明人从来不说的那种 区分表象熟手自会选择。监测颜色就是自我消耗，所有人担心门窗边框冷冷打开 当他是眼光和间谍 所有人变得赤裸 你承担罪责 好去偷去抢。你家里不会有装饰，时间也会掠过，如果它进驻那些东西的消亡偶然来临。要发明多大的悲悯，才能让你停止哭泣，阿那克西曼德。

阿那克西美尼

无形之物。我被包围起来 风 光的极致 勇。一切生存和变稀少的物质都残酷的存在。风和云，像在门廊里撑着我身体给事物赋予属性的大地。完全的存在 我并不困扰 存在围绕着灵魂的范围 冒险去死 因为不知：谨慎者退却的地方，勇者享受。

巴门尼德

真理是一位指点迷津的女神。要有光 之前便不只是夜。遗忘是尚存之物明显的在场。女神栖居仁爱圈子 满心怜悯。女是车的一个轮 男是另一个。我是爱的两个平行相似物 两个无穷。不知道母马是思考还是受苦 我很怀疑。出生者 和未能存在之人 哪个更公正？我死的时候，将回归无之所有，足矣。

赫拉克利特

父亲说：今天是火节 在火的毁灭里 一切变得不同。海宽阔我想找自己 温柔地环起他脖颈 他熄灭的手臂（当年拉满弓在天光里制造越爱越浓的准确抚摸）。烟会让神也咳嗽 所以父亲 我的灵魂全是火。我对他说了，但他的梦想是找到岸探访海滩的起点 颠覆航船 他没注意 昨天水烧灭了所有的沙滩。

色诺芬尼

神看到，神听到，神知觉知道，人说神比起唯一来更是虚荣的。他注意到神跟什么都不像，他统治生命，万事万物的更高秩序，苹果。他不知道那是什么时候，但感到不同的感觉很妙。其他人在他睡时关上了灯。

毕达哥拉斯

一、数字。二、神。三、木匠的公鸡派。四、奇数嘴。五、裁缝剪刀上漂浮的第五张牌。六、造柱铁匠铺之光。七、那片水母和刺。八、所罗门似的狐狸，孪生水。九、海螺币和月羊羔的玫瑰。十、帽子和菠萝围裙重现。十一、箭尖上的睡男人。十二、瓦上坐的黄道女孩们。十三、被嗡嗡声咬掉的喷水嘴。十四、绊上出汗的根那个女人。十五、树冠上经典的球。十六、玩石鸡的人。十七、染小丑的女邻居。十八、阳台上弄丢的手镯。十九、极圈的腋窝。二十、二十一、以此类推。

李伯

稻米的丰功伟绩之后 李伯来了 带一面小鼓 仿似鹰的温肠薄膜 白发 油脂。李伯来了 带一只绑在棍上的金蛙 为了种满睫毛的地图和疯女王丝上寒颤的收成。樱桃树依然秀美衣箱假装幸福 继续等待港口的爱人。那个朝代 舞女们不易亲近 像被三叉戟追赶的狼鲈 李伯来 用小螺浇灌土中正在腐烂的莴苣。宦官们划下十七音节的道道 像绳 静静卷起任陀螺旋转。那个朝代 说话的人都把词语播撒在大麻的学校 奶声的奇怪男孩被挂在禁城的野梨树。稻米的伟业之后棺材的五十米之后 追杀麻雀的队伍之后 马掌还不是神的眉头 莴苣也不是面包师的女儿们。沿着安然无恙的树林 假烟草的珠宝匠 死亡在男人们的酒馆上逡巡 穿过茶杯的格栅和睡着不再冲死人发笑的糖。跟一把北美大水牛睡觉的手风琴跟着解密天花板的正割纸鸢 稻米的丰功伟绩之后 李伯来了。

另一个人

骆驼的主教任期里 接近你的心要把陀螺鞭编成辫子并奔刺大鹿的第九夜 冷漠的看守一逃走 你把核桃的绿放进红酒在风的密室里结识雌鸟 塔夫绸鸟巢 乐善好施的猫头鹰研究它冬天的棉花 雌蕊里 克维多鄙视的晨昏那任性的绿倾倒丧葬般清晰的风茄。

别尔索河谷的秋日对歌（1985）

思念是一只夜里点燃絮语的鸟

一个县城，一个满是舶来品商店、天使骑车穿过天空的小城。周日下午，黄昏微暮，八点的钟还没敲。

柱廊柔美的弧线下，女孩们有如芬芳的青藤，梦想着男青年蜜色的身躯。

我的记忆提醒这种愉悦，双唇从隐秘的词语间呼出天堂的气息。回想起的东西很美好，像油在点燃的松明上滑动、光亮地散在赤裸的身体，散在睡着的恋人冲动的大理石上。

别尔索河谷之美，一些渐渐被取消的东西，都还在鸟儿悠扬的喙尖如红宝石翕动。我为你们抱憾，自由惬意的日子，厌倦了光、绚烂、惊厥，作忧郁和闪电之子。

一个县城，一个橱窗、花园、火车悄悄行进的小城，在被晨曦的灰墙威胁的黑暗里。

秋多美，想法里有下河洗澡的孩子同样的笑。

仿佛从桥里塔里生出来，仿佛石头，冒险的念头慢慢逃离，像六月山坡上的罗勒，和投石器抛出的碧玉 朝天空闪闪吹起口哨。

雨落下来。我这样的人，我认识的人，来到街上，来到林莽方言的和风中。夜在空巢里安放了熄灭的灯，孤独的牧人守着秋天的寂寂溪谷。

你们知道，这张被太阳抹掉的明信片 皮囊里装了个勤恳的邮差。

我所知的自己

我出生在这里 挨着夏天高高的紫丁香
和非洲芙蓉绿色的花梗。

我生在枯萎的玫瑰丛
和一片梦中花园凋落的枝叶。

夜莺歌唱 露珠在清晨
用水晶刀剖开的透明杨林

如同落在坟茔上的一叶
我出生就踩过这块石头 被它的光洒溅

像一个为音乐而生的人雕琢木头石头
听它们在刻刀下吱嘎说话 也不提问

我生就心硬 却错了
但你们给了我春天般温软的手

吹来四季 让死树新绿的那位
检视过这根烧不起来的树杈

我的日子 无差别地像
在光里消耗的 以及 被爱放逐的

像那个谁 进家门看见海
享受 幸福 永远跟海留在了一起

我生在这里 那时我的心都还没有注意
一个温柔的女人走近我影子 像母亲

从那时起 我变得忧郁低回
因为我数过星 沙 雨

从别处 我得了大地的善意
从我处 无限确定中的无

我看过人们朝天眺望
好像寻找在你身边时被拒绝给予的生活

我在所有人事中承受过痛苦
也没有朝怨恨里的盛放关上门

用口水标记的人 躲开众人
我选中他 比别人更贴近我的心

我看过鸟儿

在它们的飞行中解析出风的秘密

我生在这里 在克吕尼的石头旁
爱神木的茎从杂草中逸出

但我并不幸福
我的记忆停止了下雨和等你

痛苦的大量谷穗 面对我们无能为力
我越是走 你的爱越将我囚禁

于是我在太阳下澄清 也成为泉
让雕塑从世界底部来饮

一天，今天一样灿烂纯净的一天
我的形状 大约被欲望掠过 趋近窗棂

见那个身体完全被花瓣穿过
我出去 去追她 随后在她的街头迷失

我爱过你 两河间的小村
在这里 我的心知道了词语和云雀的能力

祖　先

我的记忆始于何处？

——阿摩司·奥兹

我的祖先发明了银河，
将恶境称为必需，
把饥馑叫做饿墙，
用属于贫穷的一切来给贫穷命名。
想着饥饿的人能做的不多，
甚至难以在道路的尘土里画一条鱼，
难以在木制十字架上越过海洋。

我的祖先乘着这十字架穿越大海，
但他们不求有人见证，
游荡在一沓沓档案中，
就像刺猬和蜥蜴游荡在乡村小径。

他们抵达沙地，
那里土地闪亮如鱼鳞，
那里，生活只有漫长的下雨天，接着是漫长的刮风天。

生命里只有这些东西的人能做的不多，
甚至难以一边听着谷仓里麻雀的交流，
一边靠在饥饿的想法上入眠，

难以在菜园的床单上播种花的柴火，
难以赤脚走在闪亮的地上，
而不把儿女葬在其中。

我的祖先发明了银河，
他们将恶境称为必需，乘着木制十字架穿越海洋。
然后他们给饥饿取名，为了让它的主人
占有它的房屋，
他们游荡在路上
就像刺猬和蜥蜴游荡在乡村小径。

有着残存的怜悯的人能做的不多，
在雨天吃下湿面包——接下来会是漫长的刮风天，
也谈论需求，
他们谈论需求，就像乡下人谈论
一切能用手帕小心裹好的细小物件。

家族肖像

阿维拉的盲人，古巴岛，卡马圭省。祖父吹着单簧管，系金扣环腰带。

1920 年，在一张画着各种鸟儿的幕布前 鸟应该是彩色。

哈瓦那街头，刚从维戈到来的莱奥纳多·梅斯特雷给未婚妻买了一个玳瑁发卡。

两个人在一起，他眼中惆怅，穿一身亚麻西装，她，沐浴热带的阳光，美丽并将我端详。

他们看过了辽阔的天空和海里的大鱼。他们的青春是幸福的，就像刚刚发现的冒险一样。

于是他们将自己放在照片上，带着它，就像那快乐并被爱情征服的人，进入生命美好的梦乡。

他们再也不能分开，只有他们知道奇迹为什么单单发生在那个瞬间。

我可以继续这个故事 只是不知道 1920 年古巴是否有雪夫兰。

诗歌失宠（1992）

赞词语

这个词说出来不是反对上帝的，这个词和它的影子面朝虚空被说出来，为了一个不存在的人群。

死亡终止的时候，这个词的根和叶会在林中燃起来——林被另一团火消尽。

被作为身体爱的，被写在唯一之树的顺从中的，都将是遥远风景的慰藉。

像鸟在投石器前目光凝滞，词和词影越过死亡的揭示，等着自己的勾留。

只有空气，唯有像命名之物的遗言般传递的空气本身，会在我们之后，继续停留。

某夜我爱上一个陌生人

某夜我爱上一个陌生人。一个怪人，带着手枪，拎着装乐谱的皮箱。

那时我住在遥远的国度，女孩儿们赤身裸体走出音乐学院，顶着驼鹿头、向日葵和燃烧的小提琴。

孤儿院里，孩子惦记年历上标红的数字，到周六，透过院里的格栅看燕子的几何形。

战事将息，秋日降临，老人们在善良的柳树下渐渐苍白，最后一次为药里的糖欢喜。

工厂和最穷的街区背后，破旧的赌场里，一个悲伤的无伴奏合唱团唱着东部农民的歌。

外面下着雨，风卷走死鸟的羽毛。

多年后，很多年以后，我又想起他，坐在月台上，手里捧一本书，作者叫埃兹拉什么，法西斯主义者，在罗马电台发表广播讲话。

谜

饥渴的脑袋钻进妓院，兰波在那儿

光着头，腿被绑着 像一只母鸡

兰波在那儿，像虫蛀的独木舟，笨嘴拙舌

我什么也没对他说，我能对兰波结结巴巴说些什么

其实我本来能冒充你，但我没有

我能冒充他，我跟你保证，我有这个才能

兰波那家伙，待在小角落，十分小心

光着头，腿被绑着 像一只母鸡

不算太帅气，倒是准备好 突然发作

像个病怏怏的圣徒挡在祭坛中间

我猜修女都比他会做情人

蜡一般的兰波，指甲脏兮兮，闻着像罐石油

亲自驱赶腐烂玫瑰上的苍蝇

我没有勇气递给他我刚刚拿去参赛的诗集

见游客和生来老气横秋的人已经把他吓得不轻

不知道这群阴森的人为什么盯着兰波，他

光着头，腿被绑着 像一只母鸡

我失恋了正在寻找睡美人

我拒绝看他以免他砍我一刀

他闭着眼能打中五公里外的靶子

睁着眼能把整根木剑插进你身体

我爸是个酒鬼，我妈天知道是谁

我手直冒汗 看兰波被罪犯跟杂耍艺人包围

我不敢请他为我刚落选比赛的诗集作序

像一张起皱的床 他在落下的百叶窗后疲倦呼吸

坐在漂亮女孩给颧骨上妆的镜子旁边

光着头，腿被绑着 像一只母鸡

沉默挺好，但一个字就能让我为他得病

写于奥斯威辛

在劳作的驯服前，说话人从火车上望见了铁匠铺的烟，但他没有认出轮子的声响，也没有认出铁渣入水的滚烫蒸汽。

说话人不是那受苦的人，纸箱就在那里，装着布裁的六角星。

我见过睡在锤子冰血上的人，也见过站在自行车踏板上穿过周六去参加合唱的人。

张望的脸，没有寻见他的波兰姑娘。说话人抚过同一扇窗，像哈气掠过玻璃，也流下泪来。

愿受苦的人有光：他们是痛苦被加密写进风的记忆的人，被端烛台穿过黑夜由灰烬照亮的人，如今只是桌上一道凿痕。

说话人本应听到其他的声音，太阳鱼漫溢的沉默，向风的劝说，可光芒的筋丝扯住了歌者，五旬节里主持友爱仪式的人。

现在 我静止着，不是说我将燃烧我是火然后把自己烧光那个，而是从院子的高音喇叭里听自己姓氏思考那个。

定 律

他看看赔偿 看到在赔偿里斋戒的神和一连串错误的一拃 他在别人的钱里 在意味着残忍和吝惜食物的决定里看到自己 他没有被幸福的任何形式选中 没有被任何不是做梦的愿望选中 他不爱 也没被打败 没有一种胜利或者统治在月台上等他 雪又升起来了 直到云端 古老的小孩 天真的人 热爱一切的人 一起回到 学校。

夏　夜

正在康复的人正在慢慢死去，一种透明路过，吉普赛人学着与玫瑰说话。每个晚上 康复者都咳他的故事，杜撰没去过的酒吧，没碰过的女人。康复者的思绪从屋檐泥巴的小胸尖里吸取某种甜蜜。你别想怎么叫那东西了 那是抒情诗的最爱 透明经过的时候，一切最难猜的美德都旋风般倾倒在魅力之上，沉默把故事的微弱火焰关闭落锁。一种透明经过，像贫民区里一条孤独的狗，吉普赛人推着装满黑色蜂巢和香膏星星的手推车。

听　白

我看着白的白，白之为白的条件，它在空的亮度中不存在的总结。我听它的迟缓，它的根在补满骤雨的画布上的善念。女孩们向它祈愿，面包和针，线，想了想，面包和线，针。她们看那白的白，倚着请求听白的黑暗。苜蓿车经过，被宗教裁判官联手扑灭的太阳经过。我看到朵朵指甲云下的一座村落，我听着生长松毛虫和无花果。可能怨念的两个人真的互相怨念。看那白中的斑点。听人说：改个习惯，阻止简单。

部　族

诗人，娼妓，乞丐，懂得晨昏之艺并熟悉救命废物、临渊一线、表情、手相的人。慈悲和智慧，同一份施舍，同一颗满是蜘蛛的顶针。

时　间

时间曾在我们内部 就像死亡在老人的思想之内 蓝鸟在智慧的黑莓丛上。

一个下午

你曾是错误道路上的一颗石子，如讲道者碾磨上一小滴蜂蜜的一片海洋，被老人啄食的一块海绵。你曾是我钟爱的人，我的雨衣，一个听觉敏锐的部落都在热红酒里。你曾是早晨不能驯养的光，百分之五十狼群在糖上的足迹，另外百分之五十滋味朦胧的骨髓。一个任意的下午，没羞没臊的人沐浴在光辉中，随便谁的手，从外边关上汽车旅馆然后点燃。愚蠢的秋天站在四月的每个枝头哎哎地呻吟，像被铅弹打伤的魏尔伦。群狗在树丛里朝被缚在无限上的树撒尿，地平线的前额痴迷于失落的事业。你不指望沉默来给你颁奖，于是打开门，她打开你心的盖子。她向你释放迷雾，就像对埃及人，因声望膨胀的话语，星霜，喂肥羊群的奖章，傻鸟的壮举。夜晚，可悲的星星在聚光灯前蚊子般下落。奇迹也要学习充当奇迹的技艺，而你将不再等待坟墓钻进星座语言的时刻。你曾是这样。我依然爱你。

夜

穹顶与鹤在我心里 我梦到的。越过灵魂 圆号、狗群和生病
　的王子进入雾气 火药与统治 加毒的浆果给白色的鹿。

废弃的磨坊处 苍鹰和幽黑的刺柏 死在等着我

我梦过这烟 冬天的狡猾 雪上奔马蓝色的抽噎。

歌

山坡上 夕阳下 我的爱人在看海

绿山坡 夕阳下被施了魔法的山坡。

她眼睛看的一切都是夏天的蓝 夜落的时候 船上的灯会告诉她哪个昨天 哪个悲伤的岸。

下午的微风 远处开始燃烧的星 夜落的时候在我灵魂中颤动。

绿山坡上 被施了魔法的山坡。

痴呆的声音

痴呆声里仅剩那点青春

像一条被谎言之灯用石头追赶的狗

你的同情面对灵魂的笼

理智摧毁的心愿与乞怜。

十来岁的孩子们 在树林里埋葬愿望

一块丁香垂落的石头下

十来岁的孩子们在树林里埋葬了愿望

草鹭会来

白色的猫头鹰会来

编结冠冕的人们

蓝色的膜给梦的三弦琴。

空月台

工人时刻

学生时刻

工人和学生的时刻

爱国歌曲填词人时刻

卖公羊打架票的小贩时刻

卖公猪打架票的送货员时刻

旋转木马和画满做作颜色的糖果店时刻

脱粒机对抗椋鸟群的时刻

你不再去教堂加入党派的时刻

女人们追着风跑走不回家的时刻

仓库酒店妓院时刻

爱情对你熄灯的时刻

7 号和第一颗印度栗子时刻

好消息藏在门后时刻

坏消息推门时刻

同桌垂下头的时刻

毯子下仅剩的居民时刻

意料的事意外发生时刻

墙倒在沿街摇手风琴人身上的时刻

工人时刻

工人和学生时刻。

南方，911

昨天 我看见安赫拉用眼睛在空中写最后的悲伤布告。整个城市像一盏灯 由鸟在墙的白色寂静上徐徐点燃。

昨天 我看见安赫拉中午穿过黑暗的大街 雨里是无声和人群。那个词是海 那些孤独是今天这样的下午 希望在没有地平线的地方吹起风。

昨天 我看见安赫拉在云廊高处用手帕致敬自由。我看着生活沿冬天慢慢走，面对恐惧的心里，沙滴慢慢流。

火的书页

我记忆背后是毁灭 如一匹静止的马，打不垮的死亡，栖居在大地之勇武与温顺中的可怖黑夜。

我记忆背后是火的书页，自杀者被水晶包裹的溃烂。

我记忆背后有一位生病的牧人，阴郁如被放弃的梦中的苔藓。一位不被侵蚀的母亲，在不眠的晚年里夜夜凝望流亡的地图。

记忆背后我听见声音，不驯的词语，燧石的蝴蝶，一头动物的无形音乐，它睡在悲伤温和的沸腾上。

死亡是一支吗啡山谷的牧歌，一只令女人受孕的鸟啜泣，在我记忆背后，死亡就是死亡，石碑与棉的幽暗寂静。

眩晕 棺盖 一位无翼地投向深渊的天使发出冷冷的命令。

父亲的家

父亲的坟上有过回忆 父亲的房子和房子的废墟上呆过我的
眼和心 心叫喊 跟死人说话

有过回忆 在白的无上 在被安静的清晰画出界限的地方

我周围存在过语言 美的鸟禽 煤树林下再也无从知道的东西

现在我的思绪像水里可以端详的茶叶 对我自己的意志开始
不可解

风 黑暗的香气 我住在那香的记忆里。

看的技艺

我看那不可救药的石灰 石灰下面的水 水上蜂王的英国心云民兵脱光了春天 外国人在与风相反的方向埋葬记忆。我看那不可救药的雪 雪下的水氧化了公园里关门的合页 手严格地分开 感伤的醉汉启动航空飞行。我看那不可救药的石灰 石灰下面的鱼 年轻膝盖的水 尸体焚烧 二十面体挥发。我看那不可救药的石灰 被骗子破坏的地盘 小村河边树林里起出的个体 祖国腐烂戏院里最后一个王座的温存。

历　史

世界某处 温顺的兽在献祭前最后一次吃草

世界某处 某人在即将下令处决他的法庭前起立

世界某处有一张铁床 床上 那个下午心将停跳的人们互相依恋

夜晚举起怜悯的蜡烛 慈悲的风把死者与绝望者的未来向北推

世界某处有工人阶级博物馆 等待被梦见的梦

世界某处 某人写下这同一首诗 手跟我一样失去知觉

世界某处 他曾告诉她 某日一切痛苦都将消失 没有神会再考验我们

我曾停下来看星星 如一个人注视父亲沉睡的棺材

树上满是指环满是袜子 穿它们的脚再也去不了任何地方

一个刚获奖诗人的日记

周日 新婚的一对看了要度过一生的房子模型

发光的都是金子 只差灯泡了

之后他们要带那束花去看望黑暗中保护他们的人

用土豆皮和蔫葡萄做烧酒的诗人

她写闻起来像一百年前陈面包的诗

他写的 让人想起喵喵叫的猫

他们相信以赛亚的版本 向朋友们祝贺犹太新年

穿过大地的铁轨已经生根

你父亲在河的那边当牧师没关系

张开手本该冲我们笑的人不在了也没关系

这个周日 能听到邻居回家的声音

他们已经多年不高声做梦也不交谈

鬼鬼地朝载走女友的摩托车偷看

诗歌失宠

诗歌失去了宠爱 正午的蓝色蝾螈在死亡的太阳下两眼脱轨
爬进它祭祀瓶罐的废墟。

一切需要都已消失 空橱里芬芳的大麦消失 装芝麻粒的木箱
也消失。

风从湿润大地上拖曳过的一切 都曾在我父亲的声音里美丽
动人，方言的柔软草叶 榛树里知更鸟的痛。

我们谁也没有被真理选中。致力于美的日子已成往事 雪中
行走的隐修者远去 忧伤中他高贵如圣树。

我们陷入沉默，白毛榉林后空无一人，但有时 心仍听见冬
季天上的布谷，面对紧闭的窗 作死亡的生动喧响。

我们还年轻，却在智慧的笼前忍受沉默。

济慈墓（1999）

济慈墓

大地的诗歌永不消亡。

——约翰·济慈

这些事发生时，我正处于左边的时刻，那时
我的生命——反抗王子权力的狂暴青春
把真相叫做一群猎狗，把坍塌的桥梁称为美丽。
把遇难者的坟茔叫做寒气之花，
把疯人的雪称作已死的星盘。
死亡的饥肠，感觉的年岁，蜂箱里
十月份疲惫光芒的固执气息，
烤灼着一块黑色滑石。
岛屿上激情炽热的草，冰封嘴巴的
白色鳞茎里躁动的蚂蚁，在这白色沙丘上萌发。
它匣子里的绿色夜晚戴着法医手套出现，
暴风雨回响在双耳瓶的破碎秋季里。
我的心与世界同岁，
新生儿睡在石鱼下。
不耐烦的人罹受着眼皮下的日晷，
静止的指针像是死马那冰冷的视网膜。
我的生命是震悚者和穷瞎子的颤栗，
受害者集会上哀伤者的星座。
我唯一的意识即是半透明的黑暗，

可怖的真理睡在这玻璃床单上面。
我脱离万事万物的方向，说着
继承人的恐惧，他起来反抗泥沼的不祥君主。
我不向神灵希冀什么，我毫不期待它们法官的强大瘟疫。
在奴隶和侏儒前我与众不同，我正是哀求的人，也是阉人。
我是大气层里的过客，是闪电的黑暗渴求者。
我听见声音，听见恐惧的人也听见老人，我知道一匹马就是一瞬。
我听见脚步声，听见可怜的雷鸣，它烦扰着长存的孤儿。
我把忏悔的海和过时的秋日当作朋友，
我爱恋人类沉静的孤单和鸟类的信赖。
我说两具躯体间的距离无法跨越，
我轮流侵入失败的国度和胜利的生土。
我曾是少年，我中过光芒的毒，我曾是不知疲倦的暴君，
想要将烦扰身体盛宴的空虚给铲除掉。
我离我自己最远的距离，超不过守财奴两枚钱币之间的距离，
我觉得冬天无所繁殖，我认为蓝色不可或缺。
我惊惧地关照太阳每天为称颂大地而做的努力，
对于光彩的原始人和循规蹈矩而脆弱的可怜人，我都充满善意。
比起英雄那无敌的暴怒，我更爱懦夫的忧伤，
比起坟墓的强硬野心，我更爱乡野的无依无靠。
上帝疲于倾听我们，人和狗也都倦了，
怀恋是一只顺着死亡的白河漂走的小舟。

我不为何人何事而悔，一颗星泯灭的本质

与自然种子之间的独白，那就是生命。

我的灵魂静默着生长，朝向一个不定的地方，

那里有悲惨的野兽、哥特杀手和盲目的不幸。

荷马所撑起的酒杯彩虹萌芽了，

牧神长出了犄角，悬崖长出了回声，天空长出了光亮。

这就是我生命的边界，这就是逃犯心中的命运里

精准的左边时刻。

我将去你所去之地，生命躲闪在夜晚的暴风雨里，

伴着逃离的湖泊猎手，携着被开释的犯人，

我会在火光下穿越沙洲，我要灼烧瞎眼的漩涡。

在失败者旁边我不完满，在亡者面前我仍将不完满。

我记得童年里的三次险境，

我记得邪恶，恶人没有托词的眼睛，

我记得言语里的空气，

我记得一场梦，它的稀奇情节，我记得挤奶工的白骡子。

我曾在那儿游荡，过分快乐，流连忘返，

我曾有意冒犯主教们

和永困在他们锈塔里的惊愕的人。

我离开一个地方，去往另一处，囚笼激发出我的同情。

我和洞穴里的摆锤、被包扎的游泳的人都没有区别，

我最擅长的是懒于时常遇见他人。

我用别人谴责我的理由谴责自己，我的护身符永不把我
抛弃。

我对夜晚有一种错误的好奇，

对意外有一种磁性的能力。

有一个我无法忘怀的往日幽灵，

有一种远离地狱的声响，

神话旁边一个希伯来谜语。

我的伙伴毫无长处，一无所知。

我在不同季节有不同秘密，

从第一口气开始就有恒常的任务。

我总是自相矛盾，“明确”是一桩罪行的影子。

我常和被流放的人结伙，

在动乱里找到朋友，寄宿在穿不透的地方。

我知道在美丽中有被照亮的森林和会魔法的女人。

我听过繁华海洋的乐音和檀木鼓上的轻轻雨声

我听过凄伤教堂里的小鼓和竖琴，

麻风病人的铃铛，律师那撤不回的钟。

我没学会受苦，一切严苛都非人道。

我那时是——我曾是枯竭的一代人面前父亲的双手，

被交付给失声，不加小心却安然无恙。

人类的每个幻象都是造访世界的新想法，

邮差吹着口哨庆贺对上帝的效仿。

想象是一处居所，那里，异教徒用《启示录》制造喧嚣，

想象危害石碑和垂死者的座位，

想象使耶稣在第三天复活，

想象是鼹鼠眼前多彩的泥土地道，

我见过想象的真实世界，建筑在对过失的记忆上，

我见过掀起骚乱的人和他热情的女友，他们被想象所拯救，
因为犬儒主义者因想象而未下地狱，
臭名昭著者因想象而没走进他个人真理的耻辱。
我在想象里向你表露自我，如同人所不知的情人的沉默，
猜测的想法在废墟里调查它的喘息，树木使山谷生厌，
没有哪次囚禁，能永恒存在于贺拉斯双唇间的短暂时光，
犹太拉比们没有哪种学问能发现诗歌和天空之间的情谊，
游牧者只在有威胁的周遭扎营，
但丁在造不出的圆圈里没有驻地，
我在草帽下有个栖身处，在云的收容所里有张象牙席子。
我的名字不向我周围的人说什么，我故意与它的征兆搏斗。
我领会记忆，好像把主权归还给乡村。
青春有时是患病的激情，逃离了它的随从，
它的虚荣点缀着傲慢，就像阴影点缀着洞穴。
对于有些人，看似虚假的一切代表着现实，
独角兽看似虚假，天使看似虚假，地平线看似虚假。
不可能的事对奇迹宽容有加，
我把黑曜石鱼称为奇迹，把柳桥上看其他深渊时的眩晕称为
奇迹。
噩梦护送种种企图，如同觉醒伴随着成功的孤苦无依。
风险活在迷信者脸上，白昼被绑双手。
艺术家的父亲捎来黑暗的口信。
在寓言的省份，有为雕像制造棺材的斑岩厂。
意料不到的微笑是死亡的反义词，火的美丽是冰川的反
义词。

不死的一切允许正午来临，向日葵与干涸荒芜的地方结盟。
人的界限，思想速度的界限。
这些话没被写下以便认知真理，
并非因为需要品尝有意义的噪声
不是人类的义务，却是他智力的疾病。
而是因为进入白色坟墓、检验白色、睡在白色上的人
也许不该在有其他选项时玷污圣所。
我进了白色坟墓，在里面吃了明亮的鱼肉，
喝了钙水，就像他人饮下掺杂雨水的上帝之水，
我把那墓穴叫做家，我关上门，住在里面。
受骗的人敲门时，我问他来干什么，他说：我来了解点东西。
懦弱的人到来时，陌生人也进来，他们带来灯油。
没人助我犯错，我自废权利。

这发生在我生命中左侧的时间，
这里，罗马是一座红色钙质的村落，沉睡在腐烂的玫瑰丛下。
你感觉到金属的震颤，瓦砾和油脂的臭气，
泰斯塔西奥 山后的这里，一阵阵愤怒和痛楚从天而降，
人间的面具后面，欢愉引出美丽，宗教导致缺陷，
这里，吃盐的人踏上口渴的人手上的地毯，
罪行的残酷比不上罪行污点的薪资。
青春年华结束了，肮脏的水塘底下有破碎的奖牌，
白蟋蟀的粗糙锤子让白银暗淡。

不是马塞尔·施瓦布可能的笑容，而是死亡，
它注定消失，最后一次听见萨蒂的《裸体歌舞》，
在它旁边，重新租住在佩德罗家庭良知里的人
与漠不关心的人结伴游荡在白色坟墓间，
那里，忠信的居民打开装着义务的小匣，
里面有一只薪酬的猫，和泥土三段论的猎物，
失踪者的诱饵在盒子里呼吸，没有音乐相随。
可现在这条街仅仅通往你的生活，
你住在这圆周里，像是战胜了虚无的人忙于培养怪异的
　迷恋，
你周围事物的磁性牵制着你，像一种黑暗的信仰，
像神父思想中一星期结束时的孤寂渴望。

人的生命里总会有一个横祸的早晨，
受象征的繁殖所管制，被俄耳甫斯对坚持的崇尚所统辖。
人的生命里有装满物品的仓库，生虫子的木头，
有紧绷的人造世界，有鲜血流向杯子的通道，
有磷，有它胡言乱语的声音，
老虎的喘息，拒绝服从的人被砍下的手，
有两张脸之间的热度，有毁灭，
因为它们相互接近，却也有让引力消失的磁铁。
人的生命里有父亲用过的鞋子，
有后来让我们恐惧的众多夜晚，有女占卜师的身体，
第一次的身体，带有恨意的可怕嘴唇，那熟识我们的嗓音
在那边盯着我们，像是冻住的池塘里一只溺死的牲畜。

人的生命里有重要的，有不重要的，
有坚决不消失的，一座城市的出现，旅客的疲倦，
利于远大理想的，赞美主动放弃的，
孤独生活的道德疑问，在他人身上繁衍自我的实现。

那天你要把花放在济慈墓前，
他是田野的哨兵，人类语言下常去弥撒的卫士，
他把名字写在水上，如同有过错的人把名字写在石头上，
他仰面躺在空荡荡的头顶，
被树的根系触碰着，就像被毒蛇包围的动物，
他被盖上火漆印，在夜里睁开情人般的凶狠双眸，
他被种种元素搅得不安，他是萤火虫的鳏夫骑手，
那些用叉子和指南针掘地的人，约翰·济慈在他们的酸味食
　物里，
被缚在情节上的观众，就像被束在自杀者身上的真相，
大熊座化为海星，
线索从一只耳朵进来，在另一只里解读所听内容的囚禁，
树的机械里野物的谜语，
颤抖的鹿穿过有血的梦境原野，
那卫士的年纪、语言和眼睛，
恋人和云的方式，灾难在地上的方式，
人类对自己的了解，天真性格的果实，惶恐心情的密码，
在太空漩涡里溺水的透明人对潮汐的论述，
酒馆里闹事的人和亚当噩梦的后代
对五种感觉的触发所具的了解，

人的颓废，妓院的芬芳，被淫欲照亮的卧房。
通灵能力，请你让我黯淡，把被判刑的人连结于错误和它的
　合唱，
愿他能在尘土的飞旋中癫狂地呼吸，愿雷霆将他庇护，
愿玫瑰的光华护佑他，她们是面包师派来的女儿，
愿他盲人的氛围不受伤害，连鸣响在他体内的碳也不行。
光线，它预言里的嘴巴，它刀子的刺耳瀑布，都过来吧，
约拿 过来吧，把他从潮湿的软骨里拉出来，
愿矿石在他的矿井中炸裂，闸门打开，
因为我的双眼在他们这些眼睛里哭泣。

在这资产阶级的花园，孤独是人类新的健康，
不洁的渴求在坟下装作瞬时的天穹。
这里，谨慎者像单独的穗子一样存在，
天使在钟声里宣布它的眼泪，
这里，女人和淫魔在磨坊边
用直觉感应融洽而邪恶的东西。
这里，贪婪者的沉重和主人的欢乐
是明确的红发人面前无用的机械，
而强者未用过的天空是雄鹰的棺椁。
你知道那幻觉的短短一瞬并不属于你，
你回头，一阵卑贱的嗡鸣已侵入了玫瑰，
石头说着数字的语言，像一场强烈的发烧。
你去过遍布岩石的荒漠，它被唾液点燃，
流星用它不屈的偶然梦想着亲吻。

你见过那钢勺，在几何学的颅骨前被外科医生拿在手里，
聪慧的宅子里被销毁的美。
你像虚弱的人一样喝水，你等待口渴的感觉，像是农民等待
谷粒，
牺牲品的神被废除，历史的丧服被废除。
人们抵抗不了无用的演戏，他们做不了什么，
美梦和草丛做不了什么，天空的惊异做不了什么，
人类祭品的善变海滩上住着的大众做不了什么，
海的世代，神圣动物的后裔，
恢复战争前的停战日做不了什么，
像熄灭的火炬一样走进遗忘的幸存者做不了什么，
虫茧——这个稻草部件，风在此平息——做不了什么。

你用半透明的石头给心爱的女人串了一条项链，
你为牢骚满腹的人冠以牺牲者漠然的姓氏，
从红色车站里萌生的药用琥珀在其中闪烁，
被贩卖悲伤的人所禁止的私密字眼的羞怯。
梦游者来到这儿，带着他用来修建香桃木的木制镊子，
鸟来了，乐手们赤足的蜗牛也来了，歌唱它们轻浅的年岁，
瘦削的人、被遗弃的众人、丹麦王子现身了，
屠宰绵羊的人的肌肉进来了，绣花的做梦者的手进来了，
瘫痪者的伤痕进来了，田径选手盯着的消失点进来了，
被赐福所影响的人，张开双臂、受感染的基督，
公众的女人、在凶暴中被爱的女人、长期软弱的女人进
来了，

虚弱而害羞的人，有绰号的人，不可能的先知，
另一个拿绳子的，另一个戴金黄珠宝的，另一个年老的出现了，
心智紊乱的人带着云雀来了，他心情愉悦，为相信而乞求面包屑，
信了以后便也会浑身泥浆的那人，乞求一点残迹，
泥浆因不再更改而乞求同情，孔隙因长居暗处而乞求光明。
你唱歌，伤感地唱着，向一个终结的世界念出祷词，
而星星不情不愿地在死去的事物上旋转，像一场迟缓的月蚀，
海洋是漂泊的水、停滞的水的池塘，
爱的躯体是沉没热病的另一具躯体，
歌唱的夜莺是广阔的钢泉。
一切都消亡，一切结束得像不幸的友谊，
真相被掩盖，像爬满苔藓的残损雕像，
闪电的迅捷花环，让天空脸红的高傲的贪求，
桂树的辫子，富有同情的夜晚，
至高无上的爱情把它赠与最老的牧人。
在鹿的心中，火药之日多么柔缓，
太阳神殿下，山谷的温和魂灵，
让每个小时、每一天都拥有记忆的种种事物，
落在济慈身上的雨，照在他木屋的隐形棘刺上的金光。
现在这就是我的国度，泥巴之母，
罗马墙垣边的英国海岸。
雨落在济慈身上，不受伤害却侵蚀希望的东西如雨般降下，

让一个人生长于另一个人的上帝粒子，
那白色坟墓里，一把竖琴像酸涩的果实，给青年的青春带来荣誉。
你不是那弹奏大理石冰冷乐器的赢家，
你不是那惨叫，也不是殃及市郊的贫穷恶疾，
你不是早春，也不是秋日片段里的蜘蛛。
你是我心中接连的虚无，你是教堂里的仪式与畜群的协约，
你不是强者濒死的树脂，而是不设防的额头，是睡着的人。
这里有像受威胁的国家一样挺立的人，
无旗帜的人，无名望的国，
这里有墓园里的草，犹疑的黎明，青蛙在其中鸣叫，
小丑的香草，肖像的道德自白，
这里有画像，人，一滴露水，狗向它吠叫。

上帝的预言落在麻风病人的岛上，
同样，梦想的中性残余落在古老的岁月上，
罗马被秋天的金藤所锈蚀，
像一座不结实的塔，在横祸的想法前倾斜。
只因需求而转动的糟糕的心，你命令它活下去，
于是空白处充满啜泣，回声里充满叫喊，
你伸出手时，生命就充满幸福。
羞怯者所居住的恐惧敲打着感情的门，
被遗弃者受折磨的阴影叫出明亮词语的名字，
分歧与并肩而坐的人的功绩有同样的气息，
在命运瑕疵的篝火旁卖淫的女人

把手浸在水里，隐秘的欲望在里面作响，
巡视城墙的男人拥抱一个符号，却不知它的富饶，
有人称此为疯狂，在傲慢的权力里，他拒绝在别人身上认识
自我时的晕眩，
有人称此为理智，他在某物的边沿与他人相连，
用被禁止的来塑造一个新的人，
实现伟大的是一个个片段和用过的事物，
要向城郊和幸运的入海口带去希望，
马匹死在荒原的野蓟丛中，
在这些地方，光芒微弱的灯泡在夜里闪烁，照着血腥的
事实，
强者在那里闭上眼睛，以进入残渣的轻浮，
囚禁在隐秘的温柔里的人把这称为奇迹，
也有人把这叫做空虚，他不知道在喑哑的生物繁盛以后
命运的神话用死亡罩住它严重的争端。
它所用来庆贺的东西，只有嘲讽的伤痛现实，
实心的大理石和雾，与猫头的争吵。
在这清教徒的墓园里，秋季的遗言美丽却终有一死，
机械师的妻子带我到此地，她模样美妙却终将死去，
她将一把紫色钥匙放在我手中，把猎豹的酒放在清新的
草上。
那钥匙应该锁上清醒者的眼睛，
那钥匙应该打开已成灰烬的人的双耳长瓶。
我不想听你说出神甫那冰冷的语言，干枯的声音，
我不想听你说出在地下等待爱人者的炽烈誓言。

对钻石的灵感略有涉足的，应来到新生的石碑前，
在星星的双重三角里得以巩固的，也来吧，
第一个灵魂、第二个灵魂、第三个灵魂都来吧，
用沙漠粉饰的尘埃，在柔软海洋的外围航行的大师船舰，
计谋和诡诈这两座对称的崖壁过来吧，
天使的谨慎安抚从深渊里爬上来吧，
还有建造轨道的人、惯常审查习惯的人，
漂亮的蛀虫从枯萎的棉花里出来吧，受惊的动物从洞穴里出来吧，
人类的斥责里脆弱的想法快去找泉水的旺盛龙卷风，
谦恭的航者快去傲慢之城，世界快转动起来，神灵快在穹顶颤抖吧，
饥民的面包快做好，敌人们别再受折磨，不要再为我妈妈落泪。
请怜悯那只能想象出一个点的人，请怜悯那哭泣在他人泪水里的人，
请怜悯那后悔的人，怜悯那像跪在透明玻璃上一样跪在祷告里的人，
请怜悯那被暴君的统治所酬谢的罪行，
请怜悯奴仆，因他同情主人，怜悯主人，因他的狗，
怜悯狗，因它隐秘的感恩。
公义的法律，你们应当高呼，
时代的模仿者，你们应当说话，人类把他们的良知托付给你们照管，
体面工作那可疑的权力，那个以铁为食者的惧怕，

来自可怖的永恒和不治之疫的神谕。

你跟我来，我是你的儿子，无垠的夜晚，外面已有寒意，
陌生人，听我说，我为了见你而回来，
这被水渗入的石板下，躺着珀西·比希·雪莱 泛青的身体，
在这坟墓深处，有灯塔的哀伤，在自己羞怯的美貌里呻吟者
　的胡须，
人还年轻，而爱情丑陋，就这么死去，可并不美妙，
就算整个宇宙里唯一的真理是把我们与哀悼相连的纽带，
就算有河，有蛇，有嘲讽的故事，
就算在相似的迷醉里，虚假的皇帝和被囚禁的天真传道者
只能是同一片雪，
被追捕者之间的相同联盟，亲戚间的相同复仇。
确实，用灵魂发出猜测的现代技艺
已不再把飞天的圆物称为月亮，
已不再把反叛者的历险称为功业，
这会浪费精神，会误导拒绝执行命令的人，
这习俗混淆了年龄，天空在它的边缘退却，
夜晚又变成了坚固的监牢，白昼又变成了剑的锋芒，
没有什么愿望会使心神担忧，水奔流在每一条河里，
每一条锁链里都有一个囚徒，每一种意识里都有一个俘虏。
在水下微笑的你是什么人，
面对咆哮海水的是哪个无父无母的见习舵手，
被遗弃的裸体国王有什么样的精美幻象，
你用怎样的强烈傲气点燃这团火，

你带着什么蜡制笛子进入隧道，

珀西·比希·雪莱，戴着苔藓的王冠。

凉鞋快到路上去踩干草，

冻僵的人快到城市里去，人类的悔罪合唱团快歌唱他的造访，

艺术家——永恒的君王，他话语里与尘土等值的东西，

神话的牧人话语里与猫爪子等值的东西，

面对哥特人的不解，在一团团篝火里连接火焰的无声纤维。

像旷野里的废铁一般，我的生命闪烁在黑暗里，

这附近，屠夫在白瓷上宰杀圣经里的动物，

我说出了这个词语，使它的意义与另一个相悖，

死亡的插画不保护人类免受那盲目的占有，

它不奖赏园丁，也不奖赏讲经台上受驱逐的半人马，

但死亡的图画发出光来，它让蛇和氰化物失去毒性，

死亡的图画远离犄角的嘶鸣，远离简单金属制的圣水壶，

死亡的图画收割哈姆雷特心中的荨麻。

这是死亡的图画，是它有棱角的面庞，

在教皇之职的外沿，神圣之物的财产，

旁边是卢奇奥之子——执政官塞斯提乌斯的金字塔，

旁边是公共花园、非法居民在那里交换食物、啃咬骨头、撒尿，

把金戒指当赌注的人在那里赢来一个玻璃杯，

纪念阿德阿提涅大屠杀遇难者的月桂旁，有人在玩牌。

风化碎片的盟友用眼睛听见了这些，

若一个女人不用鳞袍遮住她赤裸的躯体，他便不与她同眠，

他被追随海洋棺材的寒带蝴蝶施了咒，
在非理性的共和国里，他徜徉在古迹的混乱里，
他的牛唾弃死人，他在荒原里播种大麻，
他未尝失败，身在石柱的基座下，在他眼中一切都简单明了，
他对自由一无所知，也不用别人对自由的了解将它取代，
这男人有鹰一般的脸，他是躁动的乐手，神经质的画家。
我在一座通电迷宫的夜晚迷了路，
现在，痛苦就是纸板盖着的身躯，
医院门口病人的忧郁，令人作呕的酒吧，
被手势的透明观念称作“夜间部落”的一切，
紧锁的栅栏前倦怠的众人，烦扰的蒸汽。
罗马和镶金的罗马教堂，与公义者的圣洁相对的
权贵们的陈设，六翼天使 特权的光耀。
罗马如同魔鬼随从里的一块饥饿的石头，
在碘元素农场的错觉里相拥的人，
把血吐在维吉尔吻过的马赛克上的人，
夜仙女守护的园子里，玛雅后裔窃取朱诺的苹果，
在废墟里藏身，也在废墟里徘徊着寻找祖国的人，
饥饿者不合时宜地到来，长期在种种财产里漫游以后，申报一袋塑料，
被绝望照亮的人在一堵墙后面等着白色君王，
那时，他们财物丰盈，那时，有多明我修士周六下午分发的大米，
那个下午预约给对东方移民的同情，

悲惨的贱民在哈德良广场等待着波兰老教皇的复活，
为了存活，信仰披上海市蜃楼的外衣，
为了存活，神圣穿上这附近的包装纸，
罗马已死，楼宇圆顶的性错乱里
雪莱的影子是一艘船，阿尔巴尼亚人从这船上跳向悬崖，
被社会公义的精致烦扰所侵袭的人，他们的血统最为下贱，
寄食于丰美残羹的人，被警察追捕的口渴的人。
一具从疲惫中恢复过来的躯体，认为一切幻想都无足轻重；
　如同它不眠的本质，
你说着罹受幻梦的人的语言，提及鸟类的入账，
那来自天堂、毋庸置疑的委任，苦痛的怪异特质在鸟群里成
　为预兆，
你那么说着，叛逆与野性在你身上共生共存，
白色香堇的犄角和吊死英雄的U字弯钩交织着，
在你身上，有迷乱视觉的假象里
否认消亡食物有乐趣的人，把夏娃叫做公门母狗的人，
有个皇帝让自己大理石眼睛的积水没过基督使徒。
在法庭前赞美图拉真的挺立的那个人，他有这样的好奇，
他在教皇选举会议上宣称：济慈之墓就是我的梵蒂冈，
他觉得，“永恒”的意图是对人类所吞噬的那人的蔑视。
你说着，你说的是在理性的密码下无人听懂的火花塞，
但就如同石头在历史中涤清它们的地盘，
它们失去了王位，没人能还给它们一个相同的，
它们久久竖立在巴洛克宫殿的重要遗迹上，
笼罩在月夜的烙印里，浸在冗杂的事物里，

贪婪湿气的绿色绒布舔舐着它们，
泪水在另一张脸上形成裂纹，你也得像石头一样静静留在那里，
迟疑的你，迈出两步就离开了我的心，而且从不返回，
你是难题，是把神秘者和浪漫者捆绑在一起的冰冻绷带，
青铜的花，西德尼·罗宾逊在死亡里听到的夜莺，两者的肉欲之爱，
皮拉内西的开锁工具下，法基尔教徒的敏捷，石灰覆盖的道德棚屋，
献给已死贵胄的艺术行业，马耳他骑士团封建特权的恶臭，
建立于暴力上的帝国在茅房里铸造狮身人面像，
占有秽物，牟取暴利，
法官的地毯上，黑帮的螨虫，
民主的遗体上，商贩的政府。

没有什么已知的东西，没有什么即将到来的光芒
比得上临终红衣主教的避雷针，
就连象形文字的针也不行，繁复的斑岩装饰里的金制神像也不行，
天堂的这片废墟比其他的一切都更恒久不变，
在那里，罗马之主看着把毁灭当作毕生艺术的工人，
看着被刨子弄伤双手的木匠，在教堂合唱席的动物群像里，他雕刻瘦削的鹰身妖女，
透过这伤痕，异教徒的眼睛看着基督时代立体的鱼。
葛兰西 被出卖的消息传遍大街小巷，

目录指向空白的书页，狂傲与正义划清界限。
我的疑惑进入了大麻的醉意，
我的决断进入了玻璃的脆弱。
罗马沉没在拉丁采石场的垃圾堆里，
像剔肉的刀一般，光线刺入它的骨骼。
我听到野兽生锈，我听到悍吏密集的吼声，
我听到祭拜的人在他深深的洞穴里，面对主教冠冕的尖角。
吊死人的无花果树，我把它产的油叫做毒物，
我把屠场里的血块叫做日暮的花。
动物的红色舌头向这冬天嚎叫，
这是摄政们的酒宴上无耻的嘴。
不是被炼金术士的装饰所玷污的赝品珠宝，
不是阿德莱达·林达尔被战胜的甜美年纪，她在幸福的污泥下纹丝不动，
不是玫瑰灰烬的土地，不是被湿润土地的叫喊所舔过的火焰。
世上的每个窗前都有个女人坐着，男人另有边界，有另一座房子，
在与死亡的每一场战役里都有另一种危险，蚂蚁的另一个寄食者，另一个接连的命运，
辨认不出的手托起摩西律法的十诫，
没人认识的外科医生用别针给黑鸟开门，
电报员解码幸运和厄运，
羞辱的信息和废物的价值，
有多少岛屿，就有多少岛屿的孤独；有人受到虐待，我的皮

肤上就会有另一个。
公开与同情为敌的人向有益的生物扔去铅制小锅，离开他的骨头，背弃温度。
他强迫左手握紧锄头，触不到的事物的嫉妒肉体无法伤害它，
因为他接触不到旅途中阻碍他的东西，
不知道他的伤感从何而来，猜度蝴蝶的表演，
把安娜·波梅伦斯基和她的小提琴分离的栅栏，也难以逾越，
让克莱芒八世 ——壁虎王子——屈膝跪下的真理，
谴责异教徒时，爱的不在场证明。
每一片墓地都是一个洞穴，装着溶在狼奶里的致命骨骼，
都是一丛受阻滞的篝火，用鹅毛大扇煽起贪欲的邪魔，
夜里，在墓园的平台上能听见生命终结时死马的呼啸，
在空心石柱间回荡着迷路人的步履声，
沉入地底时被花岗岩石板拆散的爱人的哨声，
他们不倦地彼此呼唤，顽强地经久不死，仿佛墨鱼的骨头。
我对这个早上没说过什么，今早，庞德的夜莺在雅典学院的花园里啼鸣，
痨病患者在文字的诡辩旁边耗尽生命，对他所拖曳的生物，我没说过什么，
桀骜不驯的人抬起食指，指向法西斯立柱上屹立的鹰，
我也不曾对他的手说过什么。
嗜酒的人的幻象里，有特里卢萨的舌头和他青铜的手，他手中冒出柴火的烟气，

神圣克劳狄加冕时，篱笆旁的十月强制写下的文字，
埋葬在五月的，现在奔向了眼睛，像是一道灼烧的光芒，
盛放着油的锅里煮着罗马那患有麻风病的语言，
停滞在天主教沼泽里的祷告，宗教的蛇。
还有，文献学浓稠发绿的水池里，将死的浪漫主义天鹅，
刻着蜥蜴的戒指，教宗西斯笃桥下脓水一般的浮藻，
用猫一样的明亮眼睛翻译莱奥帕尔迪诗句的匈牙利姑娘，
她有一条无人吻过的鱼。
而你们，阴沉的季节里，我青春年岁的最后几年，
诗人那些充当点缀的日子，他作为罪人被交给灵魂的思索，
交给扩音器和古老雕版的习惯，
虚妄的日子，犹如童年的热切，海上的游戏，对温顺者的愤怒。
打手势的人突兀的生活，他面对预见的事物，体验它的梦境，
他和你在亚麻布下同眠，他断定地看着你，像是饱受失眠叨扰的仆人，
你，你认识零，零的数值，它贫瘠的收容所的魅力，
你，你被放逐到被“无用”——这谚语的肖像——分割的地方。
啊，遗迹里游荡的人，密闭之所激动的房客，
我要和你一同去找天庭的魔术师，我会陪你去见天界的法官，
我们将一起跨越黑曜石和镍矿的沙地，河水迅猛的流域，
一起穿过迷宫，人类在那里高声呼喊他们的偶像，

一起走过惊叹句的拱门，连接帝国和不加防备的大陆、沙漠村落和海洋城池的桥梁，
我将和你走进资产者的厅堂，海军上将在那里向奴仆们念着讥讽的短诗，
我们会摧毁食品柜，从窗户扔出本土雕像，
如同洗劫城市的蛮族，季风的暴怒，天生的恶徒。
囚犯没有停歇的时间，我那些被沉默的花朵伤害的同志，他们受的惩罚不会免除，
诗人们在古旧词语旁边消耗生命，渐渐疯狂，开始把试图飞翔的一切都叫做云雀，
诗人们伸长右手的五级台阶，要让犹太小提琴手和卖罗勒的女人顺着手走下来，
诗人们抬起头，要在我们死时看一颗星，
然后为道路保留一点阳光，为鸬鹚穿上黑衣，在樱桃树林里绽放。
没有什么会用两个相同的名字，没人认识欧杰尼娅·博里森科，她走进了死亡，
现在她的脸庞在黑暗里不受侵蚀，她的声音叫做汽油灯，
叫做查尔斯·帕特里克·达克，他在十九岁的三月九号喝着茶，
叫做尼尔斯·古斯塔夫·帕林，他是斯芬克斯山谷里甲虫的朋友，
没有什么会用两个相同的名字，在凡尘的故事里，没有什么是颧骨和眉毛，
除了亚当的碎块，船的龙骨，死亡的房间里驯化的水。

人厌倦了人，他的头脑再次犹似沉睡的森林，
他的头脑里，占有欲的毒物折磨恋爱的人和天真的人，
它们在欲望和身体间垒起高耸如千年的墙，
它们像鱼胶一样包围着商铺，点燃书页和煤油，
仔细搜查，带来消息，捍卫理论，杀死恋人。
我们曾有幸福，我们曾拥有穿着松垮的条纹囚服的王尔德，
我们曾有星星的名字，圣经里动物的美妙名字，
我们曾是女人和太阳，男人和月亮，明亮如金枪鱼，鲜活如海豚，
但羞耻随即降临，蛇怪伸着粗糙的沙之舌出来了，
然后是死去的女孩，手拿镰刀在那儿走动的活计，
接下来是紫色胸膛的海葵，迷恋音乐的磨刀人进入各处，
破碎橱窗的声响来了，诽谤进入家家户户，
水藻进了投海自杀者的颅骨，人们进了狗链，
蛤蜊在大盘子里张开嘴唇，变色龙展开头部的冠饰，
有人拿起灯，把它熄灭，有人心怀恐惧、气喘吁吁地踱步，
燃料烧起来了，黄色是可恶的颜色，火车停下了，
火车重新启程，开往另一个地方，
花朵交叠着闭合，手套转过身来，十字架伸出双臂，
一天过去了，孤独者摒弃幸福，惊异者加入了不幸者，围在火炉边，等着，
又一天过去了，有人开始听到可怕的故事，那些故事冲撞了文学的真理，
每个人私下都轻抚属于自己的一块阴沉天空，相聚时却将它

诅咒，

死亡的单调开始浸润尸体，

邪恶的显现开始在犹太区围墙外得到原谅，

我对你的爱毫无用处，姑娘，我对你的喜欢毫无用处，

生命给予我们的再无其他，死在别处的人的记忆，

现在，若另一个人受苦，则他也有权判处。

没人会把这树的皮质叫做柴火，把这具身体的居所叫做书，

把遍布废墟、会死的罗马叫做献给永恒的仪式，

没人会用双手掩面，不管这世界的衰老会延续多久，

没人会把人类质朴的语言引发的愿望叫做陌生的风俗，

了解自我的人不会忘记童年时奇异、天真、最初的话语，

我们残留的渣滓、痕迹间，没人会说

雨停了，流亡结束了，也就是说——我已遗忘。

铁圈、表针、轮毂能这样旋转，

星体能在轨道上逆行，岛屿能沉入水里，墙壁能脱离玻璃窗，

然而，仰观宇宙的那人，拿着篮子和树枝的那人，

手指间带来他人的痛苦和一杯盐泉水的那人，

打开海难失事者的瓶子的那人，让喜剧演员的微笑燃烧起来的那人，

漂泊在外，在八月苍穹下把此地叫做心仪住处的那人，

在物体表面静止不动、声称想留在此地的那人，

被罗盘的诱惑占据的那人，说“整个夜晚对我来说很小”的那人，

拥有黑色工具的那人，因不想自我辩护而把它藏好的那人，

举手发言的那人，不举手、小声说话、把沉默置于贵重的词语间的那人，
嘴巴发出噪音的那人，突然害怕大型两栖动物、闭上嘴巴的那人，
受到洞穴里粪便的资助的孤儿，
基督教暴露狂的骨头，坚持与黑色神学家分离的野兽，
罗马拼贴画纹在哈德良的男宠裸露躯干上，
罗马悲悯的石头，被雪鞭打过的奥斯维辛的良知
经历了雅各十七代子孙的饥饿，
拉草料的大车，慈悲的伟大施与者穿的凉鞋，种种部族把他叫做“最高教长”，
标准造像的主人用白色石头雕刻的十二个懊悔者，
沙漏，共济会标志，权力的精准计量，死亡
不代表谁而前来的那人，为殉难者带来蜡烛的那人，
带来铜盆和供信徒洗指甲的清水的那人，
拄着埃及拐杖、留着朝圣者般的长髯的那个笨拙的人，
为在奥斯提亚发现的尸体向法官举证的叛教者，
在天父的叹息右侧的皮埃尔·保罗·帕索里尼，
献给地狱婚礼的猴子之肉，
献给国家罪行的基督之肉，
被谋杀的贪婪所漂白的罗马，
被司法的狗撕咬的罗马。

下雨了，雨落在被利益打磨过的圆顶上，
雨落在浸满了商业暴利的旗帜上，

雨落在主教的城墙上，落在绝对权力的圣坛上，

青铜雨整日落在钟上，血雨落在马刺上，

金币雨落在斋戒者的树上，

锈的涎液像雨一样落在金属的神谱上，

落在人类的短暂生命熔铸的塑像上，

落在信仰的巴洛克伤痕上，落在荆棘王冠上，

仿照贝尼尼的示范，落在不锈钢穿透的圣塞巴斯蒂安身上，

心理分析学的蛾子落在黑色的教士服上，

人的外围下着雨，它心里面另一个人的近处下着雨，

雨落在女人身上，雨不再是雨，女人不再是女人，

雨落在潮湿的地方，落入利于鼠疫传播的池水，

雨落在桥上，落在妓女家的花园，

雨落在被速度的光芒威胁的小伙子身上，

落在将要在王子的年纪死去的人用以祈祷的跪具上。

这里有另一篇文字，有爱情和哥特式的鸟，对抗着回音的威严，

这里有古老的种子，罗马人种下的十字架之木，

哥白尼发明的星星下面，两千年前建立的贵族守地，

有一座陵墓，在它的贪婪里有这茕茕孑立、身为奴隶、命运已注定的罗马城，

有一个暴君，他逃往另一个在铁马上不存在的城市。

这里，怀疑主义者向不讲道德者伸出手，

后者指的是无法在他人身上鉴明自我的人，

不能下沉到滑石矿里的人，把阶级当作天生的权利来实行

并且在别人的碎屑上建造苦刑的人，

执着于否认他人行为的人，

转性的骗子，人们赞美所贬低事物时唱的圣歌，对于享乐的慎重。

你们要说出衰退的声音，你们要在记忆遭受的模糊句段下说话，

翁贝托一世 纪念桥的栏杆下，撰写着罗马宏大的阴渠，

那里，美的畸变把人的思维引向迷醉，

那里，美的持久睁开了它克洛普斯一般的眼，用雾气让通奸的人在风景里迷路。

整整一生都像是我的生命，

密涅瓦的头，施洗约翰的头，

儿子为父亲的墓穴交的税，

铁匠用以做面包的尼罗河水，水泥匠用以模仿石头的灰泥，

小巷里音乐的过滤，打开夜之插销的台伯河舌头，

整整一生都像是我的生命，

叛逆者的眼睛像我的眼，不存在者的嘴像我的嘴，

蛆虫吃着美洲豹的卵黄，形而上学出现在麻醉里，

罪犯取消了他与放风的约定，莎草纸结束了它与藤蔓的协议，

厌恶感被焚化的元音即将到来。

细数种种事件时，第一个就是十月的伤疤，

四三年秋天里犹太人被流放，

意大利的八千人中，有艾玛·蒂维洛莉和维托里奥·罗温塔尔，

离摩西不远的地方，还没走进会堂的后裔目睹这一切，
他的祖辈是个裁缝，四十岁时通过厄运的讯号认出了他的
民族，
他说这个上午属于厄运的征兆，
是给地狱解渴的一汪泉水，在遇害者合唱团吟咏出的模糊高
山上，
身体残缺、聚精会神的众人排着队走过一座座桥，
这些孤苦无依的遇害者的纪念柱，把他们扔进万人坑里的，
是历史学家、专业人士，
他知悉在没有城墙的国家里美的典籍的七个名字，
他不了解海市蜃楼，他把火叫做淤泥，把冰的炭炉叫做
篝火，
面对墙上被拿破仑军队洗劫过的台架，
他把千万尸首叫做帝国，把战争数据叫做蚂蚁头。
罗马，它覆盖着历史秽物的不乱图画，
大批信徒如痴如醉常去观瞻的彼得头颅，
硝酸银的窒息，
宏伟的台阶，一级级楼梯通往狗的托喻作品，
托钵修士的鞋底打磨过的地下墓室，
矫饰的大理石绿色的偏执，它耀眼的走廊，
来自非洲的大型动物在这儿用电动喇叭鸣响警报，
罗马的噩梦被上千只人类的火把点燃，
它是大地儿女燃烧的玫瑰，是暴君悲凉的孤单，
是彼特拉克读过的书里的玫瑰，是把年轻女人钉上十字架时
的愉悦。

这里，窘境的群众演员联合了穿着必需的华服的庸人，
在植物园被屠宰的鹅，它们平和的疯狂联合了害兽的利齿，
被侮辱的气象磨平的罗马，
画着鸽子供品的石碑的痛苦，
异教抽象的水下，使徒的双脚流着血改宗，
书上所写的灵魂悲剧，不接受魔鬼现身的偶然，
是雌雄同体的天使的年代，强健长老的坟墓里肉制的开锁工具。
伟大上帝的幻象受人称颂，你说那是幻觉的主神，
你说那是眠者的礼拜堂，装饰着永恒的色欲，
正如你说安东尼奥·奈格里关于工人阶级前途的论断是空想，吞噬谜语的妖兽是乌托邦，
写给博格丹·波古诺维奇的残酷哲学，在他死后的黑板上：
倘若不在离别时，连爱情自己都不知它有多深刻，
倘若不在相爱时，分离也不知道自己有多沉重。

神明不曾听过的祷告，会在何处停止，
乞求的残渣用天外的小推车运来帮手，
在何处有被罗马战胜的罗马，想象和池塘的酶，
贝琳达·盖尔出生于六零年十月，和她没变的塑料红雀一起埋葬于此，
甲虫的短暂，牲畜的黄蜂，
考古学家打开的铁门，第三十个年岁，
马匹被驯服的内脏很会说服人，
何处有大地床单下面的文盲的肤浅，

哪个骨骼金字塔有钢琴师安静的手，

拿桶的人的手，粘账单的人的舌头，

劲风的智慧水手面对哪个罗马法官，

被她的脊柱驱逐的女人，与他房间有关系的男人，

在何处有虚无的使节，他的野蛮人朋友，行暴的同伙，

星星去往哪个没有倒影的分歧，

阿尔托的预感去往哪种思想的黑酒，

三角形的想法，多利安人石英般的观念。

一小时又一小时，情人低着头看大篷车缓缓驶过，

一夜又一夜，月食进入蜜蜂的触角，

黑帮成员的母亲进入丧服，干渴的布料进入伤口，

罗马第十次陷入对不祥数字的痴迷，

能预言的数字，把主人的延续和仆人的时日一分为二，

昏暗的储藏间里，改宗的人等待着缠满纱布的法老那慑人的
　棱镜。

城市在但丁的语言里突然坍塌，

地狱的遗物像机械科学一样进入我的声音，

死亡的方言在惊愕的地方泼洒它美好的噪音，

奉承话进入百科全书，

巨响回归它高傲的可能性，

街区里，悲哀生物降临的时辰到了，

这是被涌入剧院的惯例所烦扰的人们的时辰。

观看这场悲剧的人听到了衰老的讯息，

他们相互传染着对生命意义的认识，

精力在引水渠里扰乱水的声响，

不被倾听的人把他们的信仰连结与拥有光的人的奇迹，他们疲惫了，
老人已龙钟，生活的代表抓住他认不得的生物的面具，
抵抗死亡的人在井口把审慎视为疏远。
凝视高度的人什么都看不见，却在冗余的手上读到自己的命运，他知道这些，
那人在怜悯心的慷慨盘子前，用饥饿的恒久装饰来饱享盛筵。
空虚者的肉，是被恶魔气息所引诱的海豚骨架，
灵敏的磁铁，是人格化的天使，不会显现的天使，
和别人看向一处的那人，和别人一起躲藏、想要满足他的片段的那人。
这样一来，美的道德观念就是每一个鼻子，每一张嘴，
每一只臂膀，每一条逃避损毁的腿，
每个无形的快乐，它与另一种形状相仿，抢夺了大理石板的刻刀，
被真相吸引到世界这个舞台的，具备神圣的物质，
从红色空洞里出来的岩浆塑像，希腊新词语的墓志铭，
在节拍之前对圆圈的执着，在锤子之前的灵活，
偶然事件的法律，说的是那些垂死的时代，那时，一切都流向无限，
一个名字的镌刻，一只狗吠叫的一瞬，
石碑的十七只脚在沥青下，在黑色琥珀里照料和谐，
把每一场梦嵌入方格、把坛子放进每一座坟墓的热望，
用庆祝洗礼的方式庆贺死亡，这样的症状已被消除，

甜美的矛盾，难驯服的人就藏身在这甜美里，
无私的隧道，怯懦的人在它的方寸土地里翻找，
卖花人的时刻，他在拜占庭守灵室门口卖着得到安慰的玫瑰，
多余的城市，厚重的寂静，像是蒙着的眼睛下，模糊回忆的夺命瘟疫。
十月用它结果的树来提示十月，
病人进入医院，叶子的季节进入暗处，欲望在每个角落铺开桌布，
可敬的人和我交谈，诚挚的凶兆跟着我，
我沿着夜晚偏僻的路，沿着星海，像是快速逃离渔网的螃蟹，
我跨越封存的文件之山，而草难免生长，
我去往火焰，去往火焰绒毛的废墟，去往风旧时的风。
你别难过，不管你是谁，只要把真相随身携带，就不会出差错，
都会好的，你会存在，你是拆卸断头台的爱，
简单的墓志铭下，另一种幸运会降临：
这里，众心之心，
这里，冷酷天空下，激情的平静，还有它关于菌菇和薪水的疯狂，
虚无之虚无，万物皆虚无。
记忆是一种有说服力的物质，里面是阴沉日子的湍流、有木桥的城镇，
记忆里有诗节，诗中的人走过一条条街，穿梭在摩尔斯电码

眨着眼的红绿灯间，
记忆里有厌恶的鬼脸，救援的磅礴雄师，
有不在其中的东西，有遗忘及其暴虐的儿子，有愧疚，
灰色巨石在空中的旋转，来到近前那个人的情绪，
难解的事物遍布时，老人们的忍耐，
葡萄籽撩人的微笑，狂热爱人的碳化物的火苗，
记忆里有隐秘爱情和它的繁乱，有乏味王子的严肃回响，
记忆里有我的形象——虚假，受挫，有乞丐。
不过，有权者的陈尸台周围，
思想的习惯在安逸的厌恶里找到了藏身所，
犹疑不决已被恐惧驯化，日常的事情已变成了残酷举动。
看到世界的景象、派遣另一个信使过来的人已经说了这些，
他不敢让声音传到牢笼外，便派遣另一个人充当使者，
这“另一个人”说：艾哈迈德·邵基是用冰铸的，
是跟油的岩浆混在一起的冰，是寒冷的黑水，
艾哈迈德·邵基对这一切毫不知晓，
他全然不知自己未曾失败的风景，躯体顺流漂泊的浑浊
　灾祸，
他无声无息地紧握着青铜玫瑰花，打磨过这花朵的，是卖火
　柴的土耳其人，
是塞内加尔人，是把台伯河叫做小黄河的
远离故国的东方人。
如果罗马的海鸥和蝎子在同一篇生物赞美诗里，
像钢猫一样前去车辆的墓园，
在车外壳上钻孔，打开车锁，

如果石头天使在桥上化为人形，去卖报纸，
如果受威胁的犹太区居民在林勃狱的恐怖中永远停止转动，
如果被折磨得不成人形的人，绝望的人，和善的人
爬出共用的坟墓，喘息，而摧残的时间已被消除，
如果在火车站附近排队等死的人
不把他们无颜面功业的种子埋在邪恶珊瑚的废料堆里，
如果无以计数的人举着火把走到地下，炸掉骨骼的矿藏，
如果传染了鲍琳娜·博尔盖赛 眼睛的、被苔藓腐蚀的东西
不与谨慎大相径庭，也不稍稍超越疯狂，
如果聪颖的猿猴和卓越的野兽离开它们金色的颜料，不变成
　装饰品——
多余装饰上庆典之鸟，
如果吝啬鬼的这件古董没被疑虑的过分贪心所染白，
如果罗马不是被拖曳进黑暗里的石船，被风暴泡沫灌醉的捕
　鱼人的巢，
如果发臭的门廊下，贪得无厌的累计数额者人和不知满足的
　神话收藏者不分赃，
如果经过加工的石头上，在透明陶瓷教室尿出语义学的人
加不出用数字加密抢劫数额的符号，
如果住在伊帕戈拉 八角形物体里的维森特·努涅兹没在吸
　墨纸上写下罗马之爱，
如果拿变成疯王子的小孩的铅笔那人，不是提香画的第十四
　个先知，
如果在商品的逻辑触碰时，常接触商贩信仰的人和哲学家
　不同，

如果咒骂信仰的他者通过戏剧般的盲目，皈依一种神圣的虔诚，终于笃信，开始飞升，

如果你和我都不在永恒的钟声合唱里找到自己的位置，

如果一张东方的嘴，在宇宙的另一个地方回应用拉丁语说出的这些，

如果纠正拼写的针和罪犯指纹间的不同，不再是执政官的优先权——

对叛国行为的强烈报复，

如果吮吸神秘羔羊鲜血、与上帝探讨、又在沉醉的仪式上吞噬上帝的人

把这面包屑称为福祉的圣物，

如果在神经质行为的半圆厅里，一生都在背诵基督教祷词的人承认自己力量薄弱，

如果罗马山丘的绿墨不是爬行动物的血、希腊鸟的血、法西斯坟墓里背叛罗慕洛时的血，

如果戴白手套、拾起病鸽子的士兵，在他突如其来、武器般的能力里纹丝不动，

塞普蒂米乌斯·塞维鲁 和戴克里先的罗马，

帕尔米罗·陶里亚蒂的追悼会举行在它的城郊，在通往马莫罗桥附近的忧伤直角线上，

如果这罗马不是把种种喜悦带往石棺牢狱的荒凉之门，

那么，罗马就不再会是村野的海市蜃楼，

留给用现代唯美主义的愚蠢眼睛欣赏苦痛的幸福者，

无别处可去的艺术家，他们的虚荣是飘在氯仿里的被解剖的鱼，

吸引眼球的化石，它们在名望的小剧场里收养情感的内脏，
就在法医的雨伞、起搏器的最后一伏电、文件的最后一页
　下面。
宽慰死者的模糊的修辞，为它辩解的旧文章没有对手，
惩罚阶级制度、打动市场的原则没有对手，
与跑马场竞争的傲慢音素，它的持久没有对手，
面对沙漏，专注的孤独者没有对手，
分配意义的人没有对手，无意义事物那撤不回的机制没有
　对手，
棋盘上被赛局勤勉的贪心所击倒的象，它没有对手，
对着十字架跪下的人，他的意愿没有对手，
习惯的确切性也没有对手。
愿你的王国回到我们身边，坐在儿子左侧那个人的志愿，
愿你的沉默回到我们身边，在父亲的不确定里挖掘的那个人
　的嗡鸣，
愿你的意愿行使在话语的僵硬山丘和沙地上，
愿每个人都想象自己在坟墓外，愿每个人都回到自己的
　身体，
愿每个女人都有一棵新树为她生长，每个男人也一样，
愿他们在天空下都有激情和优雅，请来他们的根与果，
愿每个人都说：这是我种树的地方，我老年时将庆贺这音乐
　的主题。
预知未来者、颠茄成瘾者，还有自认为用音乐的嘴巴说话的
　人，来吧，
在黑色粗布下，觉得自己藏身在蓝色穹顶作物下的人，

来吧，
闲极无聊的人，带着绝望者的温柔、列队走过议院的房客，
来吧，
年轻的共产主义者，脖子上系着领巾的党派成员的红色
支流，
睡在未经玷污的思想里、尊严的后继者，来吧，
把一个人的形象叫做公民共和国的人，
风暴的黑暗伙伴，任务的承担者，有坚固秘密的人，都
来吧。
废墟的孙辈，你们从全意大利过来吧，来与无产者联合，
你们到这信号来，利于暴动的人，带着你们语言的武器来，
亲属和血脉、被劳累所撒播的人和在爱的争执里挑起事端的
人，都联合起来吧，
在羞辱里变强的弱者，周六去工会的人的世系，
萌芽，推断，被阶级党派背叛的大众的象征，都来吧，
反叛者来到高产的神秘哲学，引诱者来到美貌，寡言者来到
颤抖的黑暗，
失败者来到信仰，犹豫者来到疑虑，卑鄙者来到大船，
胡言乱语的圆环，带着竹梯的风之主，被判处火刑的人，
来吧，
殉难者离开酷刑吧，消亡者离开枯燥吧，被打倒的人回到基
座吧。

你就这样看见了不被腐化的人掌握的谴责工具，
也看见了注视圆形屋顶被动的景象的无知眼睑，

他在翻转的望远镜后把这距离叫做中性的视线，
他被邀请到无能的庆典，他说“没有词汇能表述这样的美”，
却在胶皮本子上记下黄昏的太阳留在地平线上的孤苦残渣。
就像法警看到尊贵的督察——
他用伤人的细心把搅乱精神的全部记忆连根拔除，
你就这样看见了罗马，它被无权继承北方文明的人所占领，
变成了那福音使徒的追随者的堡垒。
你离我远些，你这停不住的鬼魂，用右手说服世界，
你这泥巴，你为音乐而生，你是大地敲响的小鼓的狂热，
你离我远些，尘埃的雕塑家，癫狂的包围圈。
这城市已被分成比指甲还小的碎块，
成了马赛克嵌石，撒下它的是公爵府邸的玻璃窗，
是动物标本的骨灰盒，这里面，奢靡的历史与腐朽的场景
　结盟，
这里面，每个人寿保险都计算在抢劫的生意中它有多少
　份额，
赃款中属于教会、国库、银行家和神父的份额。
我见识过残忍，它越发年轻，我读过兰波，他是另一种，
会用星盘的伽利略·伽利莱，与鸟交谈的亚西西人，
在这些脚掌下，厄运书写其他梦想的名字，
上帝创造生物时的娴熟，大地上峡谷的凭据，
我见识过错误的灵巧，我见识过让人遗忘死者伤口的学说，
预报天灾的沙之戒指，智者的喜好，
我见识过恐惧的天文学，战争的不幸建筑学，
我见识过它的道德受害者，它良知的光明马厩，

在嘈杂里我见识了端庄者，在阴暗处我见识了头顶光环的人，
我见识过无知和它的圣泉，我见识过它那空气做的讲经台，
我见识过哥特炼狱的威胁，钻石燃烧的时长，
我见识过像铅一样的缓慢阴影，边角处没有眼睛的眼皮，
我见识过这世上星星死去的阴森处所。

终将死去的美丽蔷薇，你听我说，在你旧时修饰的褴褛破布下，
世上的排水沟里已经填满了被献祭的动物，
帝国的采石场已被红衣主教的钻头劫掠，
我身边，只存在你患病的空嘴巴说出的这种语言，
除了老狗在贪婪里的叫声以外再无其他白色，
现在仅有的墓坑里，有生物睡在风的空洞中。
我脚下，一只猴子在伊特鲁里亚 坟墓里敲鼓，
我心里，一个女孩的功绩在她的冰环后。
梦见炽热，梦见伯拉孟特的柱子，
夜晚用柏树的物质浸透了修士的回廊，
夜晚被一队醉醺醺的警察夺取，
它现在是残疾人的庇佑所，情感的真相，就像金属板间的花，
它现在是镜子里看到的显眼的珠宝，它喂养了强烈的惶恐，
人们在车站的锈蚀下告别，他们看着自己的生活像醉舟一般远去，
拿扇子的鸟的夜晚，搜寻金羊毛的瞎眼勇士的夜晚，

这个时候属于对一个灵魂上瘾的人，被粉笔十字标记的人的夜晚。
它推开那扇门，
新婚的死亡迈上你锌制的华车，要游遍城外，
天使带着那些成分来吧，那是酷刑车轮下的萨德的淫梦，
不信服的女人，你要知道你的喜悦，就像绳索知道绳结，谷物知道面粉，
因为用这智慧的苦涩面包做不成幸福，
就像用关联的激情也造不出什么持久的爱，
只能用为过河而献出生命那群人的恐惧，
他们在郊外紧紧相连，用电缆把身体捆在另一个身体上。

虽然碰到了罗马的神秘遗迹，却知道自己必死的人，他这么说罗马，
感受到慌乱的拥抱，什么都不能让他远离所爱伤口的人，也这么说自己的爱情。
身躯灵活、让标枪拐弯的凡人，没多少东西与他有关，
唯有殉难者能在没有痛苦时认出温柔的空缺，他已为那温柔献身，
就如同，只有被记住的人才能预感到联结他、毁灭他的弹力缆绳。
我的手触摸过冷漠者的尖刺，流了血，
我的手，我的脚，还有我体内向关键行为靠近的一切，
它们引我来到青春一去不返的通道，
现在，觉醒是换了地方的手段，它在一地被找寻，却在另一

地出现，
刽子手小心翼翼让绳子穿过铁环，
以前，这铁环上挂过鸟笼，
而这鸟此时用人的声音在死者的花园里歌唱。
这声音在我周围被人听见，在遗迹和谴责的近旁，
在屋大维娅拱门边，周六节庆时有希伯来人在那儿唱，
这声音在火旁被人听见，用来烧火的是鼓的柴火和泥塑面具，
在湖里被人听见，在有起重机和库存的远处，千年以后拒绝回想的同伙听见了，
两千年后在这鲜亮的色彩里无法与残忍的造访和解的人，也听见了。
灰烬润湿了我的双眼，它的嘶吼闯进我的耳朵，好像一支毒箭，
现在触摸我双手的东西，以前被他人的手拾起，
现在我嘴巴说的东西，以前由同样的嘴唇说出。
我的风，你看吧，听吧，快说说我祖先口中的真相，
不是被癌症棘刺的黑钴所伤的人的燃烧，
而是幸存者不受侵袭的思想，
被拯救者的信条，他们脖子上挂着发光的饰品，
屠夫的铁板，与传说的迷信保持距离的星星。
这声音说，人类的痛苦是承诺之树的叶子堆成的小山，
根据表象，上帝只存在于悲悯的形式下，
看不见的园丁在码头养育航船的灯芯草。
我赤脚走在雨中的泥地上，

孤身一人，我走在联结着援助和荨麻的绳子上，
它那时就是脆弱，一股丝绸和两股针茅，
被母亲剪下的病女的辫子，
放在神庙里的供品，作为一声轻微祈求的集体心愿。
仇恨很公平，
十月十四号上午，基里诺·阿玛蒂从家里被带走，
被纳粹逮捕。
罗马居民莱昂纳多·赛德在那个冬天被流放，
有人看见埃斯佩兰萨·埃弗拉蒂进了雪里，手拿一只铜制猫
头鹰。
也许，你，陌生领域的常客，
布匹撕裂的声响的空隙，奴隶市场的汗水，
你，丢勒画出的死亡，代表会议的日期，
你，奥古斯都的纪念日，
某人死后的四十天，掺了井水的面包胚，
你，持久的雾气，就像没人用过的镜子里冰冷的心，
你，遗忘。

为人而饶恕人，
为它真实的疲惫而饶恕错误的眼睛，
为针而饶恕骆驼，
饶恕河流喧哗的血脉，为周六饥饿时渔人悲伤的功劳，
饶恕严肃的周六，为酣睡者们的蓝鱼的繁衍，
饶恕回忆起一场梦也毫无用处的人，为那睡着的人，
饶恕屈辱，为它的镜子，饶恕败绩的水，为火的拒绝。

为蝙蝠和它鸟一般的雄心而饶恕，
为年岁，两个数字间的铜制剧本，地下墓穴的大吊灯。
一个女子抬起她迟疑的手，一切痛苦都变成了没有结果的
牺牲，
鹿很快会来，冬天的绿色丝绒很快会覆上墓碑，
只有天空能凭借上面的名字想起这一块块石头，
谁能记起科尔曼，记起柯蒂斯，记起克拉拉，记起贾科博，
谁能记起特雷劳尼，此人睡在莎士比亚暴风雨的咫尺之遥，
谁能记起老赛维恩，他在大理石毛笔的五根白色手指间。
无数的石头，像疲惫星星一样的灰色石头，可怖的石头，
鸟儿多奇妙的遭遇，莎草纸的隐秘猜想里，多烦闷的金箔，
吹散人们错乱记忆的，是多么鲁莽的元音的风，
谁为你遮盖没有土壤的根，谁倾听你没有嘴巴的声音，
被怪物引诱着赶往贫瘠的深渊的，是怎样的一代人，
悲伤住在怎样的居所，脸庞和手有多么饥瘦的友情，
炙热的大地有怎样无来由的触感，刻着墓志铭的石头上长着
怎样无声息的犄角，
属于异教徒的肃穆的石头，默然的石头，面对着预言的
混乱。
太阳仍在尖刻地叱责着与它敌对的空气，
被活埋的人仍身处泥穴，他们钙质的花仍在淌水的岩洞里，
蜈蚣仍在蜷曲的苔藓上，水做的顶针仍在它精明的眼神里，
二十六岁的济慈身穿深红上衣，珀西在岛上安好无恙，
恩斯特 想象出圣拉撒路的复活，
骗子的鸵鸟在它尊贵的银质主教旁，

来自地球另一侧的馈赠，埃利亚斯·德尔·索克罗·涅维斯的宣福礼，
二八年的三月，他被墨西哥暴动者处决，
如今，圣灵在罗马的祭坛上大嚼乌羽玉。
那被赞美的是谁，那传教士和奴隶是谁，
他让自己的善心驶过基督的环形路，抵达神圣的地方，
他是在夜里守护云的天国卫士，神圣森林里的瑞士法警，
在金十字架前，谁能把罪孽的卫队叫做解放，
谁能把那将儿子交予折磨的人叫做仁慈的父亲，
哦，沙土之神，动物和雨水的思想之神，
大船上的是谁，从深处走出的是谁，陌生的神，那盟友是谁，
他长着夏加尔的双翼，骑自行车穿越风中居民的村落，
卢梭的蓝眼皮底下，雪的小提琴，
谁是荣耀者，谁是现代者，谁是献身的妓女，谁是鹰身女妖，
谁是虔敬者，谁是广博的母亲，谁是故去者那深不可测的母亲。
那是你的协约，贱民家里年幼的乞丐，陪伴你的人们，
在你面前，加利利的后裔显现了人形，
被祷词的白蚁所困的木匠之子，
蘸着圣水划十字的人，对着你在人物名单前跪拜的人，
如草一般湿润的慈悲信徒，
看见又一个被绑在柱子上的异国人而无动于衷者。
所有能走在水面、让鱼增多的魔法师，都应被称为神，

每个飞升的人，他那修补不了的音乐该被称为神，

在四十瓦的灯泡下，将零的想象乘以无穷大的人也该被称为神。

在极端时期知道怎么舍弃生命的人，该被称为神，

宽恕罪孽的行当，该被称为伤害无辜的罪行。

罗马的神该被叫做大洋洲的飞行员，

憎恨军事的一切，该被叫做自由，珠宝商的一时兴起，该被叫做同情的艺术，

主人轻视的土地，由另一个主人来播种，它该被叫做借出去的施舍。

把违抗命令的密谋视作不正当的人

和被皮带拴着、倾向于逆反怜悯的人之间，应该有分歧，

把自己的真理视为生活艺术的人

和把快乐叫做缺点、逃离放纵、在常规的生活里娱乐的人之间，应该有分歧。

每种矿物的几何体和木头指环之间，有某种企图，

同样，有情人和他的伤口之间，该有某种联系，

守护秘密的埃及狗，从细颈瓶里出来吧，

人类快解码它的狂吠吧，让它的想法围绕希伯来神学旋转吧，

安逸的伊特鲁里亚人快来吧，

尤利西斯和阿富汗的奥秘快带着铜制灯台，来订立合约吧，

谁也别劝说我，任何东西都别坚持站在我这边，任何理由都别为我辩解，

在这消亡的事物里，我安然无恙，站在死亡的律法前，

在酷刑中，我繁衍生息，无情不愿，面对善良，我假装残疾。

这就是火焰守护者的界线，爱国秘书那死掉的舌头，
这就是理性主义，权柄在宣扬爱国的仪式上用它引起谋杀，
一场神圣喜剧的诡暗构建，攻击身体的战争，它贩卖惩罚、变化不定的拍卖会。
满口奉承的人啃噬他的讲经台，受到谴责的人去往他滚烫的坟墓，
遇难者去往他的宽恕，魔鬼去往偷猎者的距骨，
这里，惨遭斩首的施洗者和惹是生非的波吉亚定居在同样的位置，
这里，在风的欢乐中，神秘的母狍子和山顶的电光没有分别，
这里，不幸者的欲求就是一片没有沙漠的腐坏绿洲，
这里，不信神的人久久存在，天真的异教徒带着钢项链。
这就是教条的界线，种种折磨的完美煤炭，
这里，毁灭已描画下它的地图，这里，宗教是罪行，
就是说，犹太区的圣谕，就是说，保禄四世，一桩窃案，
正义者缺乏得惊人，春天的学生。
除了善意之地，人类还有什么祖国，除了逃走，神还有什么病症，
深渊带来另一个深渊，一天把我们引向另一天，
你也一样，漂泊的小小灵魂，你穿越艰难时日的回忆，
在那记忆里，同一个盒子里装着愿望，也装着幸福的反面，

从前的痛苦与我一模一样，未来的痛苦起起伏伏，与你一模一样，
就像是，一个母亲的噩梦像极了另一个母亲眼中基督被卸下十字架。
你呼唤着不知是谁，空洞的人不灭的旋律照亮有仇恨的地方，
在信仰的门廊，那个曾是我祖父的人现在成了上帝，
在已经灭亡的国家的广场，他吹奏着单簧管，
梦就有这么密集，我爱的女人就有这么陌生。

你们要把蜜与血给图拉真，在吃过鸽子以后给他蜜蜂酒，
你们要瞄准黑暗拉开弓，向着愁苦扬起麻布做的帆，
你们要把金质护身符还给疯狂，
把些许苦难还给价格，把用途还给尘埃，
对于被忽视的人，你们要直呼其名，而把无知叫做杂草的收益，
词汇们要彼此靠近，相爱，嗅闻，
布尔乔亚的古老名人们要在他面前手淫，
跳动的伪经和山间的野兽应过来，
怀疑君主，怀疑看不见的、稻草做的神，
承认疯疯癫癫的人有长三条舌头的权利，
准许迷失的人徘徊，直到有人找到他，
而你，战败的皇帝，你，天上不能分割的鸟，
群众的语言，赞美诗的语言，
你快重新成为驴子、动物、逃亡者的船舵，

你快重新成为喇叭和它包含的金属，你快重新成为火焰和它的灰烬，

你快成为难耐的渴望和它被燃起的疑惑。

可，你，教宗小便池那劳累的史学家，你来贩卖什么，

阿波罗和他那成群的、拥戴树脂、笃信不可知论的议员，有什么与他们对立，

你幸而拥有的疯狂特质，萌发自郊外那矮小的共济会堂，

你，石膏天使，转瞬即逝的信徒，你对着罗马的戏剧布景，

用马塞尔·杜尚 那巴洛克般的溅射，修改当地人，

你，喋喋不休的哑使徒，你，没有狼时暴怒的牧羊犬，

从哪个贵族阶层的政府，从希腊人哪个纤长的共和国，

你落在潘皮里府邸上，就像乌鸦落在犹太会幕上，

你将用法律的何种陷阱，用多么精美的匕首，把土耳其人处死，

把瘦高的贪婪者处死——边角和多疑的仙女都臣服于他。

你如出一辙地召来行路人的萤火虫，召来海洋的怠惰，你是何人，

那人外貌酷似描绘鸟类的犹太律师，鸟儿挥之即来，他又是何人，

有几只鸟，被行为那善记强识的利刺所扎伤的几只动物，

一匹马以合适的速度奔跑在陌生的地方，

在描述无暇形象的七种方式中，它选择一种，落脚在其下，

在钢铁上刻画种种形象的经文的分量，

用思想翻犁土地时，试验的理论，

不统辖任何人，短暂地掌管一片片平原，
守护恐惧的储备，不冒着风险去尝试幸福，
与话语同眠，不留姓名，轻抚它们的心，
每一夜，都梦着黑夜的梦，
把石头带向各处，说道，“这就是你的石头，你坐吧”：
观念的仓库——埃托雷·马约拉纳在那儿把铀加热，
我会眯起眼睛，我会在你面前哭泣，伴着蜜蜂的语言，
雷纳托·帕瑟的音乐，他于一九四五年四月死在毛特豪森，
我会闭上眼睛，我会在你面前哭泣，伴着露水——晨光把它留在带刺的隔离网上，
十九岁的法布里奇·塞卢索倒在蒂沃利，他被国家暴力所害，
我会抬起眼睛，我会在你面前哭泣，如同一场冰雹砸在锌制屋顶那般，
那声音会属于已消亡的事物所覆盖的东西，
牵着狗、低着头的人，悲怆者与绝望者的盟约，
日期的锈蚀，数字那不可能的记忆。
君主赞赏沉默，正如他赞赏属民的忠诚，而那沉默无法将我抚慰，
阿曼达·提本豪尔，洁白的甘果，谁会在意你不曾成为的身份，
我会在你面前、在雨中哭泣，哭得像是因时间腐蚀而消失不见的居民，
我会在你面前为十一月而哭泣，它残酷而寒冷——倘若你在那儿，什么都不想，

再也修复不了的独奏，它因爱而死，也有人因爱而为它悲泣，
为人类的痛苦请命的那个人，在安慰里找到了它唯一的权利，
再次看向彼此的那些人，在对方身上播下自己的种子。
所有的话语被写下，为的是铭记，
每一篇墓志铭都伴着沙漏，每一眼泉都伴着鸽子，
每一个符号旁边，人的生命都是长存的神圣预兆，
俗世的事物掩盖在偶像的外表下，恐慌那睁大的双眼将包围它，
出现在恐惧和神圣以前的，都是同一种美誉的遗产，
已诞生的活物为蓬勃的生命唱响赞美诗，
狡诈的颂歌想要平抚快被毁灭者的孤单。
只有我爱的一切能在我心里长存，只字片语，看到最后一幕的挫败时你话中的好奇，
真理的空网，死亡的热情战略，
乞丐所写下的文辞，被谜团所带离原地的话语，
现在这坟上的赌注，如同桌布上的面包，如同篮子里的串串葡萄，
远非慎重而又不及疯狂的事物
是建立在损蚀上的诺言，
是一位君王的俸饷，在他的领地上，一切特权都是可有可无的义务。
夜里，赤足漫步在葛兰西骨灰上的人，
永远不会再相遇的来者与故人，

离乡的潦倒移民在这附近等着车辆把他们带往坟场，他们所
知道和不知道的一切，
一个对着另一个，急着要迁徙，销声匿迹，却被人看见。
我从他们说起，说着那些到我这儿来的人，他们就像一封信
被寄到城里，
我开口，不是为了唤起敌人的怜悯，他们已在昨夜判决了我
的心，
我说着，以破碎酒杯般的笨拙，
我说着，双眼如懦夫一般哑然，声音如柏油一般被写在
墙上，
把门敞开的男女，我说话是为了进入你的心，
我开口，不是为了报复我的懦弱，我恰到好处的拙态，我最
高的墙垣，
而是为了在你身旁——我已把自己奉献给你，
你是我仅有的旅客，我现在为你而开口，不过，我们哪儿也
不去，
不过，被雷霆拆散的我们，只把恋人的暴力视作理所当然。
我会在锁链上将剑击碎，
我会熄灭正字法的七盏灯，为的是能听见在每个时代洒下光
芒的希伯来鸟，
我会说，美因你而痛苦，我会说，忧伤是一个穿越阴暗河道
的姑娘，
那些迎风奏响沙制竖琴的人，美是他们的激情，
悲伤就是我，忍受人们所追寻的，如同阴影遮住一具身体。

村镇的灾难在这些桥下支起帐篷，

东方的美人走进旅馆，诗人用猫一样的眼睛追着她，

我手里握着荆棘，它让肉的玫瑰花淌下鲜血，让绿色的花园淌下鲜血，

在这些桥下，我的绝望吹散了被谴责的人的灰烬，

那人想象这个世界忠于“人人平等”的誓言，

那人为王储的法律所推翻，

那人告别他再也见不到的一切，走进死亡，拥抱母亲，

那人被羚羊支配，那人行事匆匆，身世凄凉，值得他人一哭，

那人出席庭审，坐在窃案证人间，却没人提他的名字，

那人面容亲切，

那深不可测的响亮声音，热衷于抑扬格诗章的人，

没有角色的怪异间谍，

改不掉对种种事件的好奇心的人，僧侣的朋友，

先知们的暴躁鬼魂，孜孜不倦追踪特权的人，

永远与权威决裂的人，被淹没的羞怯者，热忱的叛逆者，

娴熟的无所求援者，教皇不情不愿写下的圣谕，

曾被大海引诱的人，定居下来的人，

保留着威胁的人，住在秘境的人，

与另一人相继来临的人，回归于存在、为了忍受大麻叶而抽烟的人。

我吻过十字架上耶稣像的双脚，像是一位女子亲吻她那被判死刑的兄弟的手，

我活在黑暗的名声附近，人们把它叫做征兆，

矿工一边不耐烦地想着星期六，一边挖掘矿道，我的声音忌惮它的意愿，

我读过先知书，还记得一些故事，

里面发生过的一切也都应验在我身上，

我活在贫苦的根源近旁，伴着某些不必要的东西。

我埋下了一把钥匙，它能把一个人打开，让空虚进去，

我也埋下了锁住骨灰盒的钥匙，还有什么也锁不上、什么也打不开的钥匙，

现在我看管着遗忘的财产，

一片片泥沼，被海上的光包裹起来的伊特鲁里亚农民

在那儿重重地、纯粹地、简单地坠落，被亚伯的颌骨残忍杀害。

这是我现在所知道的，我心里存有对另一个人的了解，

灰烬和片段就这样有了人的形象，

灯塔上有云雀和近视眼的极端，

无形之躯的暴利，这些躯体脱离了现实，

脱离了梦想时代的空间——梦想已被敌对的可能性所侵占，

在这时，罗马清教徒公墓里所有的道路，

标记着双数的坟墓，标记着单数的坟墓，

难舍难分的坟墓，已然消失的坟墓，

对永生的渴求已无法恢复，却还笼罩着它们，

它们接受了自己时代的溃败，

时间易逝，因而成了人类自由的利器，

转瞬即逝的东西是一种慷慨的明晰，它没有远离未来的

辩驳，
我看到闪电，在它短暂的闪光里也看到燕子，
在我头顶，我看到一棵棵柏树，它们像是发霉的巨人，震慑着虚荣，
我想，虚幻的就是如此，那显而易见的东西有通灵的能力，
济慈埋在眼前不足一百步的地方，
这静谧的异教徒花园的另一端，
离清风的玫瑰花一百步远的地方，离静止的背誓一百步远的地方，
灰色的石坛里盛着葛兰西的骨灰，
而在他们之间，是每一片海洋的雾气，是夜晚自愿前来的星星，
在拥有接连而来的团结以后——这团结远离异想，也远离癫傻，
也许是在一九五六年的雨里，皮埃尔·保罗·帕索里尼写下他的隐情有多痛苦，
但没有一张嘴来将它吐露。
人可以把道德上由晴转阴的时候叫做命运的终结，
可以对一个神明说："神，你听着，你去跟死亡说我不在。"
早晨可以拒绝当早晨，可以逆反黑夜，发出光芒，
从这次赤裸开始，天空越发无暇，搅人心神的惩罚也越发透明，
人的想法可以与他自己的良知发生龃龉，
我可以变成两个人，另一个人可以拒绝教他自责的教育，
对于只考虑收益的文化，可以把它叫做"近似谋杀的想法"，

由此，人可以要求空气给他空气，要求水给他水，
可以在争执中构建差异，可以在看到杀人犯的勇猛时选择怯懦，
可以拒绝光芒，拒绝黑暗，可以对杀人犯直呼其名，
你像基督一样被钉在沙地上，那里满是空瓶子和旧轮胎，
皮埃尔·保罗·帕索里尼被扔在一座垂死城市的残迹中间，
在被禁止发声的众人之间——他为他们发出黑色的呼喊，一片焦油的汪洋，
相邻的词语要有呼应，
鸟类要把歌声献给白昼，就像秋天献出一片黄色，
不羁者要在人行道上后退，直至再次达到他汽车的速度，
硬币要滚到下水道里，在腐化的东西里变成一滴金子，
那个人对尘世的了解仅限于阴影会议的时代、邻国的悲惨、
对于人类的阴谋，他的时辰要回归，
那个人看到樱桃树开了花，就算反对者大发雷霆，也会摘下帽子，他要回归，
他要看向硕大的穹顶，他要在那些不见天空的穹顶上发现群鸟，
他要把自己看成米粒，他要在新娘身上发现群鸟的海滩里一颗一颗的沙砾，
所有飞鸟的团体和勾结，完整和集结，
飞在天上那群鸟的聚积和云集，门类和复杂的整体，
要看到成百上千只飞鸟，三两结队的飞鸟，形单影只的飞鸟，
赞美之词的一切飞鸟，逃避畸形和网罗、成帮结派的飞鸟，

躯体那宗教般的民主有着模糊不清的体面，所有在其下受折磨的人，
他们没有飞鸟诗人的名字，他们是自己唯一的太阳，
是脚手架上唯一的磨损，是巢穴里唯一的角落，
每一个都是一只鸟，被困在猫头鹰街巷的硅制牢笼里，
每一个都在特米尼车站的同性恋男妓名单上被划去，他们被指派给怀疑的阴谋，
一点五亿个马雅可夫斯基踏上征途，
每个人都被铜绳子绑在树上，每种颜料都缚在翅膀的颜色上，
围困在骚乱里的人，瘀血里的秘密。
你在哪里，你在锤子的哪片紧张的杂草里，
你听见踢足球的小伙子们在叫喊，
在不出纰漏的法官面前，谁在掀起床单时能看到公民的面孔，
马太所写下的公元后两千年时的受难。
雨落在奥斯提亚，公交车不停歇地驶向贫民区，
雨落在红色的市郊，落在破漏的棚屋，
雨落在你心里，落在贝尼尼之城，
我走在你身旁，黑夜降临在我们俩心里，一辆车停下来，
你害怕了，我亲爱的，死亡在我们附近搜寻年轻的躯体，
大海缓缓蠕动着嘴唇，散发出死鱼那冰凉鳞片的味道，
有一些开了线的空床单，草地上有一块白布遮盖着那身体，
偶然从不密谋打倒理智，
我的思想与暴风雨结下盟约，

今晚，你的思想像是一座孤单的雕像。
你在哪里，总是来不及继续寻找，
你被雨淋湿，在我身边颤抖，
你穿越一片片旷野，你感觉大地中心有一个裂开的伤口，
你听见大海在呻吟，就像鲜血的火山，
现在，你是真理的女儿，
在这荒芜的世界尽头，你手持法官的天平，
在这险恶的地方，我们两人将要消失，就像一艘船消失在雾气里，
就像没看到任何人的目击者消失在奥斯提亚的水上飞机场。

我在砖上垒起石头，
在巨石上，我用幸福的烟建起房子，
我在其中度过了不光彩的年月，
在一段又一段远离人烟的日子里，我被昆虫的奇异吟唱所占据，
我渴望得到一切界限，而我本身就是界限，
像是异乡游子回归故土一样，我回到
这片土地，这里，一切恐慌都消弭，
人们接受死亡，如同被邀请去加入循环事物的首要需求，
快被关禁闭时，我慵懒地缩在变数的赤裸里，
我说过，这就是我的洞窟，鬣狗和蜥蜴到这里来了，
它们是我亲爱的朋友，是不被信任的朋友，
心急如焚、四处游走的人随即现身，然后说：你把手伸出来，

于是我伸出手，他把滚烫的油涂在我手上，
鬣狗保护了我，蜥蜴保护了我，另一只手还在。
我说：这不公平，这事不公平，
我理解自己，但那四处徘徊的人，他残忍的想法实不公平，
那个冬天和下一个冬天里，我觉得未来毫无用处，
我觉得“隶属于某人”这种温柔不合时宜，
像鬣狗属于草原和蜥蜴属于岩石那样的“隶属”，
可公平的事并不在那儿，它存在于对他人痛苦的不断侵
　犯里，
我已无法一边闭上眼睛一边保持青春，
而我的朋友们在卧房里苦苦思索，发着烧，苟延残喘，
于是我叫来鬣狗，鬣狗带来温和，
我叫来蜥蜴，蜥蜴从它过冬的缝隙里带来地衣和光亮，
这段时间过去后，我将马匹献祭，来补偿我财富的马蹄铁，
我对爱人的声音说：从现在开始你就是我清晨的声音，
可她告诉我，她已不再顺从于我，然后她去寻找其他伴侣，
她被无用涎液的驯服所感染，
当可能之事发生，灾祸便袭来，
我的鬣狗朋友拿出了它身为食肉猛兽的恶名，
我的蜥蜴朋友拿出了它犹如破损温度计的冷血，
灾祸的趾甲燃烧着，它走了，远离了我的洞窟和我的家。

谁会在无用的大使面前，心满意足地
服从于匆忙——海妖对未来水手的歌声听而不闻时的匆忙。
被迷信和金融摧毁的这个国家，谁会在它的海滩上

拾起大海不再想要的海难遗迹，
墓园周遭没有出口的迷宫。
你将去向哪里，你将去向无解的雪下哪一片白色苔藓，
你将去向简易棚户的屋顶下哪一件黑色大衣。
狗是你全部的财产，
你会在某一天处于同情而将它牺牲。
你是像词语一样跳进悬崖的风。
你和身在工具的利刃之后的人说话，
他继承了果园，在里面种下两棵树，
把其中一棵叫做夏日果树的谢意，
在另一棵树上刷了石灰，把它叫做雾天。
承担这被描述出的一切的，是已有职责的人，
是书写姓氏的红色字迹，是受到蔑视的人和他们所伤害
　的人，
是用鱼血写下无足轻重者的名字而不画出眼睛的人，
我们该说出每个人身旁每一颗星的名字，
我们该说出骨骼两端每一个灵魂的耀眼光辉，
我们该说出每一块胸腔碎屑旁挽回不了的爱，
我们该说出被自己的沉默所指责的哑巴，
我们该说出过错的长度，
我们该说：过错的伤口还饿着。
你听着，你会因你爱的女人的身体而爱上她，
你听着，秋天走进家家的卧房，它的步伐像是生病的女孩、
　疲惫的工人，
这就是生活，没有映像的言语，

就好像书本一片空白，想法回到人的头脑，
就好像海水流上了高处，水流逆转方向，汇入时间之河，
经由支流，一直往上，在水库里沉积盐晶，
顺着溪水而上，抵达湖泊，
当水重新回到最初那块岩石，雪就开始下，
世界会有另一种机遇，
花园里的每一瓣嘴唇会有另一场爱情，
下定决心的人会有另一个迟疑，他是发明了剑的人，
他描画过一片一片领地，遍布石头的褶皱，
一连串穷人和乡村，士兵的越野靴，光着的脚，
就像是一座城市永不会成为你生活过的另一座城市，
你没去过却因它而受苦的地方，
我不说其语言却成为其公民的国家。

我所经历的全部时间，对立的全部版图，钢铁，日期，
全部的时间就在乔托 笔下这只鸟的黄昏里。
我是独立的个体，是关门时迷恋忧愁的人，
自相矛盾的人，摇摆不定的人，听见黎明有唤人起床的女子
　声音的人，
我像是在潮湿地区被二手商人带着的雨伞，
我像是从眼睛里长出的玩笑，讲给出生在乡野的姑娘们，
我在短暂光阴的寝室与那最短暂的同眠，
我在沙上写过我的名字，潮汐涌上，海水到来，
现在我能在消失的东西上欣赏自我，直到让枯竭的事物变得
　美丽，

现在，正如一声嚎叫，我的观念在远处变得衰弱，像海湾的灯火一般，
我是独立的个体。

别因知识而不安：我一无所知，
行人走在他人的足迹上，和旁人一起，喝下被赠予的水，
这肉体的谎言，这玫瑰的泥巴，济慈的昭示：死亡是生命终了时的奖励，
现在他的祷词在教堂最后一排与你混淆，
在这麻布上，玛利亚——密涅瓦的女儿——哭泣，
在这儿，她所拥有的为别人所拥有的而哭泣——天使，鱼胶，鱼的钥匙，
木屋，火，燃烧着的，没燃烧的，严苛的行李箱，
告解室前的羞怯者，
暴食权贵的画像，
募捐，祭坛画的智慧，其他东西，
一夫一妻的制度，礼拜堂前基督的妻子，
教堂的蓝色穹顶下，羽管键琴的乐音，
创世，残迹，
人们承认自我——如同权力承认权力——的种种方法，
也就是说，为了救赎灵魂而奉献的施舍，
也就是说，炼狱的幕间休息，神灵正义的碎片，宽恕，
而在对面的，是议会，法官的民事权力，
品德的腿部不适，面对着作为国家罪行的饥饿，
作为新型折磨的毁谤，

多余人员的名单，毡布，马的油脂，
乌托邦的残渣暴露在周日的市场上，夹杂在富足的粪便下，
公司合同，薪资表单，
像狂暴的嘴巴吹出的口哨那样到我这儿来的东西，
山谷上高速公路的工厂，
体育场里反刍的闲暇，
人类恐惧的占卜，探索着尽头，
财富那死去的嘴巴里，有赌博和金币，
每一个日子为了永葆生命所做的努力，
为了让太阳的头在卡戎的夜里久久昂着，每一个日子所做的工作，
你会把猛兽般吞噬一切的东西叫做死亡的充盈，
在滔滔不绝者的认知面前坍塌的一切，你会把它叫做矿脉的雪崩，
盛放葬礼后农民饮用的酸葡萄酒的杯子，会沿着大理石地面滚落，
双手捆在背后的生物被推上了阶梯，
投降时被母亲看见的人，
熟知轻蔑的人，生锈的自行车，单身女人在阴影里绣的桌布。
被预见的事情都已在你生命里应验，无人预知的事情可能也已发生在你身上，
你在用途里，你也在回绝里，两者都没有什么正事，
你在寂静里，你在聒噪者锯出的碎屑里，两者里面都有恼人的杂音，

可你不会向任何人讲述墙的另一头发生了什么，
现在你也许可以凭那段回忆过完余生，
可所有的幻象一旦被判定为正当就会立即消失，
就像诗歌消失在讲解时，天空的森林消失在清晰的砍柴人面前。
与其继续被爱着，得到拯救的人更想主动去爱，
他已成功摆脱了与陌生事物的联结，
除了奉献别人，他再无别样的热情。
心怀感恩的人不停地提起需求的伤口，
重建寂静的人是轻语之源，
轻言细语为白色的厅堂加上磁性，在殡仪馆发出莹莹磷火，它勒令别人道别。
我不得不远走的那一天即将来临，
在这潮湿的花园，夜莺向他人传达自己音乐的那一刻也即将来临，
雪将悄无声息地降下，暴风雨将来临，寒夜将来临，
星辰的房车动也不动，它将在天宇中熄火，
奇想和幻梦都将燃烧，而冬天将死去。

不幸的人安然无恙地待在光下，
善良待在弱者那无知无觉的美丽旁，
家庭照片散落着待在桌子上，公共浴室变得孤寂，
海豚死在海滩上，风打翻石碑上的花瓶，
十一月孤单无伴，没人收到信件，再也不会有人打电话，
疯子打开窗户跳下去，孤独的人打开冰箱吃起来，

老年人聚集在公园里，建筑师设计着别的街区，
死亡在我们中间游走，充满活力，火车按照它的时刻出发，
警察修剪他的髭胡，法官又抵押出一套房产，
领带勒着脖子，蛇在巢里蜷成一团，
领事下达一份备忘录，控方索要赔偿，
报纸上刊登的文章否认曾经说的话，庄园里的工人修剪苹果树，
诗人创作俳句，小伙子涂画睫毛，
公证员去找神父：神父，我母亲骗我，
日子一成不变地过，昨日是冰封的崖壁，
青春年华会结束，如今，做一个凡人便是抵抗。

看着被禁止的光，在心的门前，
我将闭上眼睛——宛若我已死去，我要为你呼告，
向着灰色的动物，向着最为贪酒的人那斟满的杯子，
向着被钉在玫瑰刺上的姑娘，向着拜占庭的牧人，我会询问你的消息，
向着永恒的先知，他的小屋是用上过釉的云和冥想的石头建成，
向着科学的树，向着恶意的果树，我将问起你的消息。
我为漫长的旅行而将我的财物打了包，
在我要去的地方，钟声会召唤信徒前往星星的庭院，
到了秋天，看到海鸥飞到蔚蓝的台伯河，往往就难以踏上返途，
因为你会在那儿，在消亡的思想之间，

困在枝杈之间，在静止的落叶之间，没有灵魂的音乐，
因为你会在那儿，而没人会在经过桥梁时驻足片刻，看你一眼，
没人会看向你，没人会在与他人浅笑时想着你，
你是我唯一的护卫，我的嘴巴，带着被逆境击败的火光，
你将消失在这世上，你将消失在为世界之美赋予意义的事物里，
你将消失一天，又一天，然后你就永远不见了，
而那时的我，已然不知道去哪儿寻你，不知道在哪儿打听你，
我会下到河里找你，我会翻动石头，去树木的根部，
我将没有你的陪伴，从颤抖的旋风中回来，我将独自睡在庙宇里，
我们不是逃避的人，不是在战役里映射对手的镜子，
幸福的人里，大概没有我们，我们是真正存在的人。

我去了一座教堂，它已被战栗的孩子占据，
我离开了母亲，我把生活当作赌注，赌输了三回，
我向每个词语伸出手去，每个词语也向我伸出手来，
漂亮的生物，电，冰雹，影子戏的真相，
我们互道再会的时候已经到了，
夜晚为男伴和女伴而来了，白昼为轻蔑里被选中的人而来了，
牧人为土地的所有权而争执，
我知道整夜不睡会很漫长，而我没什么地方可去，

假如，至少有你活在未立下约定的人的叛逆里，
而我可以睡在你身旁，可以不梦见我和你在一起，像一颗钉子陷在深眠的木头里，
假如，至少每个足迹都是符号，展示你曾踩在那里的明证，令我投身其中的一汪海洋，
啊，假如，我的心像硬币一样滚到你手里，滚到你身边，
像是洗涤你衣服的水，像是你呼吸的空气，像是我没有的光，
假如，至少我是能再次找到你的那不知姓名的人，而不是现在这个告别的人，
这人穿过大街小巷而无视周遭，在你的心外找到荫庇，
假如，至少卖花商人和交警能听我倾诉，屋顶的
花园会关上，车辆会停下，人们哪儿也不去，一切都拒绝存在，直至你回来，
直至你——世上的爱——推倒隔墙，像蛮族似的进入宫殿，带着温柔抚平石头，
我会看着你，直到我们混为一体，像空气中的空气，像毫无防备的水，
时间不会超越我们，我们会主动成为先民，
成为新建的村落，成为废墟前面笼盖神圣场所的圆顶，
假如，至少我现在茫然游走在郊外的步伐
无需向你解释，无需将你暴露给回忆，无需像个把你呈给罪恶的人，
在我心里，记录在这里的，是无法表达的一切所发的声音，
是我挂在脖子上那座犹太烛台的光，像是抵御黑暗的符咒，

假如那人不被迫失去什么，他喜爱暴力，在脆弱的简陋小屋里，他是各个市镇的冷峻者，

假如，通过水面，从一个岛走向另一个的人，有一天会朝我走来，

饮下我的旧血，把我和你带到一起，

假如在最后的酒吧里，剧情急促上演，

一个男人的死亡比不上另一个男人的生命，

一个女人的生命比不上另一个女人的生命，

光芒没有声响，左轮手枪也没有隧道的嘴巴，

有某种丢失的权力即将在镜子上撞碎，

假如那些硬币不是这权力的梦想的泯灭，假如它们穿过玻璃，去往另一种视角的现实，

啊，假如这被我当作枕头的蝎子窝，夜半时分这阵如雨降下的石块，

流血的猛兽这场失眠，

假如你回来，这恰是我唯一的财富，

假如你出现在正在挖掘的那只手里，假如你出现在贫乏里，

像是会有人主动拿手帕擦掉的一滴血。

我从没在这儿见过蝴蝶，没见过债务人的折刀，没见过被水打湿的牛，

我见过焦尔达诺·布鲁诺的双手被狗链绑在柱子上，

我见过烟的碎屑，我见过远方的土地上奥斯维辛的残渣，

在假装成为人时被废弃的人，不知作何用的空空模具，某些东西永恒的消失。

我听见房间里有你脚步的语言，像是蛀虫的眼睑，

我听见天空的神圣矛盾，它在作战的那些部族的面具下，
我听见那种窒息，它把鱼扼死，把紧张的海鸟喂饱。

灵魂，有一具被献给偶然的躯体，你曾在它的道德里，
某一天你会再度来找我，而那时我不会抗拒你，
既不从道德上思考短暂事物的对立，又不去引诱种种想法的愉悦，
罪人进监狱时，被牵连进渴意，而我将远离对口渴的恐惧，
焦虑之前的时刻，紧跟饱腹的时刻，
惯例的陷阱，矛盾的嘴被鱼钩撕碎，
一个接一个，赌徒的表情，输掉的人心生恨意时的表情，轮流呈现在我脸上，
一个接一个，爱着我的人，用蔑视来挑战我感情的人，在我心灵上构建悖论，
想要告诉我爱的人，现在为时已晚，想要讲给我敬重的人，现在为时已晚，
幸福在我面前停步，好像房客停在栏杆前，
我把生命中的贮藏分发给一些人，他们显见的贫穷保护我度过困厄，
空白在我眼前敞开，就像大理石在雕塑家眼前敞开，显现出具体规模，
结束的，是未经染指的神秘；我要去的，是一处隐秘的房间，
覆盖着“×”型支架的激烈鸣响，机械夜莺顽固的孤独，
这只鸟盘旋在早至的财富那毫无用处的圆弧上。

人们应该把门敞开，把火焰的溃烂向煤炭敞开，风的软骨的
　喜悦飘荡在颤音琴间，
急躁应该久久待在它的庇护所，盲眼的剧作家应该看见石灰
　粉小岛上的瘦弱女演员，
塔德乌什·坎托 应该带着他那讲述已死世代的激亢寓言，
　回到发酵的面粉，
善于分析的小丑应该冷酷地吟唱，水做的母鸡应该在鞋匠家
　鸣叫，
贪婪应该从它无用的辩解里解放，教义应该开启发动机，
智者简朴的证言应该移除炫目的理论，
孤苦无依的一切面前都应该产生乔治·德·基里科的感觉，
巴洛克面前应该出现蒙德里安最低等的变换，
人们应该把教唆的门向温顺者敞开，那里有斑鸠和鹰缔结的
　婚姻，
死者蓬乱的胡子，愉悦和它的废墟，蒸汽柜和陶醉的担架，
那里有两个男人，一个女人，身穿的衣着彰显她独自一人，
鲜血的祖先，出生证明，
黑色艺术的语法，形态变化的结构，政治宣言，
鞭子的长舌下有法律的青苔，猎豹的乐谱，
人们应该把门敞开，朝着邪恶猴子的精神状态，
人们应该激动地剥开石榴，打开疯癫蜜蜂的红色包装，
主刀医生应该精准地打开这颗心的奥秘。

我在济慈墓旁过了一个下午，
我待在这巢穴前，神在这儿没有强权，

我的生命是我唯一到过的地狱。
有一个日子近似隐秘的黄颜色，我把它叫做“黄色的一天”，
有一个日子里我受的罪比其他人都少，我把它叫做“不完美的一天”。
有一次我说：您在我心中激发了意想不到的情绪，
他们停下了脚步，然后我们只好形影相随，
可尽管如此，我与穷人的乌贼同住在一个屋檐下，
还有在日常琐事的言语后，从身体上长出的伤感的善意，
它使一个人仅仅成为他者的影子就能彰显自己，
那一辈子，那片空气，一些词语在捕猎的绳子上描绘着劳累，它们的借贷呼吸着空气，
安置病人的厅堂里，因两兄弟刚好相同而产生的痛苦，
强者在颓丧前的援助，受到宽慰的人的情绪。
我父亲放在桌子上的三个词，就这么被讲出来，
本不该把它们分给兄弟们，
它们应该像线轴一样永存在没用的东西中，
承受记忆之重的线头，死者的法兰绒葬衣，从没被打开的信，
这些词就这么被讲出来，它们将要像早春时节山峰上的白色绷带那样消失。

某一天，罗马将再也不是罗马这毒蛇，
那天，野兽会在马戏团里呕吐出殉难者的骨质玫瑰，
塞内加尔人，无辜的拜占庭人，说他加禄语的人
会睡在金色的饰带下，它属于丰饶的葡萄和悬空的温顺

雄鹿，
那天，人们会承认所有母亲都是不洁的处女，她们都会成为上帝之母，
那时候，在镜子里，可憎的人会再次看到受崇拜的人，
天堂的灾害会再次遇见美妙的青春，黑色的首领会再次遇见粉红的星，
那天没有忏悔，那天没人在盛放小包裹的仓库门口乞讨，
隔天，受到残害的人失去一只手，一只脚，两只眼睛，
那是一个世纪的最后一天，整个世纪都被蓝色力量包围，就像游行队伍被警方包围，
有人早起，剃须，去屠宰场，宰杀动物，那是他的第七个小时，
有人满心疲倦地回来，散发着粪便和血的气味，那是他的第十二个小时，
那天，有人翻开书时，读到“麻绳”这个词，不用它拴住一条狗，
就在那一瞬，他继续读那本书时，听见一个士兵的喊叫，
这个士兵快被绞死了，他对另一个人说了，两人一起去求救，
随后，士兵所想的是：
但愿拥有一枚硬币的人不把它花给同情，
但愿心怀同情的人不把它用在贫困的沟渠，
但愿饲养羔羊、准备贩卖的人可怜他的女儿，
但愿这女儿不把她父亲的财产当作权利。

爱朝秋日风景而来，它以雪为针，在柏树上刺青，
爱的执拗旅人来了，她来告诉我：你要准备好迎接死亡，
她为此而来，而我用呼唤来宽慰自己，我呼唤着你，就像你已消失了似的，
我呼唤着你，就像你还存在似的，
我呼唤着你，就像我已挣脱你的手，迷失了路途似的，我用呼唤来宽慰自己，
我离去时，你听不见我时，我看不到你时，我记不得你时，
我会哭泣，而你不在我身边，
在世界中央，在广场中心，我头脑清醒，攀爬山坡时，我会为你而痛苦，
我不会经历把你遗忘的悲痛，我不会罹患坐在暗处、等待凄伤的疾病，
我会反反复复高呼你的名字，我活着，可以逆反，
我们本可以相爱，我们本可以在分离以前就消失在废墟里，
那些国家也许还盼着我们，遥远的边境线上，机会可能还等着我们，
我们本该穿越世界，抵达其尽头，
我们本该进入虚无的所在，彼此相伴，
溶进没有痛苦的年岁，溶进只有一个女人猜到它变老的年岁，我们本该相爱，
像一条狗回去找那只打过它的手，
你也许会再度相信，我也许会再度相信，什么都不能摧毁我们，
可我们的青春已被强权所包围，好比希伯来人的家被毁谤所

包围，
生活的幻想暴露在市场上，谁都没兴趣质疑我们的思想，
我们从遭无视者的劫掠中存活，在沉默中如同旧工具一般有用，
所以当你看着我时，那些长久不出声的人彼此注视，
当你对我说话时，那些被失败的平淡乏味所摧残的人彼此交谈，
你的身体面向我虔诚的身体打开栅栏，
只有你能听见我，你在我的思想旁边，用你思想的声音镶成王冠，
因为在我来这花园以前——它的石头被青苔侵染，在卑劣里受官僚的法令保护，
在我触摸这些古老的瓶子以前——它们盛过食用油，黑色的酒，炸鱼用的油脂，
这些散碎的装饰靠近艺术的堕落心志，
在它们成为挺拔的骑手、铁制的抽象边沿、濒死美丽的牢笼之前，
你就存在了——你是能听见我的声音，虚幻戒指的声音，幼虫的议会上不能叫喊的嘴巴，
你既有靠近又有排斥，你是酸性的水，染上了迷宫的新绿，
在那之前你就存在了，仿佛爱与死是你仅有的任务，你在拒绝邪恶的人中仅有的秘密。
你要大胆存在，你是异见的生灵，男人和女人，海洋和沙漠的坚韧老人，
因为现在来客里只有一个就够了，方形和圆环中一个就

够了，

一个看管空屋，一个支撑粮库，

一个放开船上的绳索，另一个松开缰绳，

一个在表面的船舵上，另一个在童年钟乳石下的隧道里，

一个长着玻璃指甲，在洞穴中极度的潮湿里，另一个用木屑烧火，

读陀思妥耶夫斯基的年轻人，在被单下打开小手电筒的年轻人，

一个是面包师的儿子，另一个发着烧，母亲狠狠地亲吻他，

一个在腹股沟上把鱼磨得锋利，另一个固执地把一叠信件搅乱，

一个在脚手架的轰鸣里，他也在钢琴的尘埃里写下他的名字，

另一个永无止息地悲伤着，他一只脚疼，一只耳朵疼，左手的第四根手指疼，

一个准时来到，态度谦恭，日日如一，道声“早安”，走上电梯，

另一个坚持己见，为了围栏里的琐事而惹是生非，

一个在祈求里，另一个在大理石的纯真下不被察觉，

我聆听其中一个，尊敬另一个，

两个都有关扬尘的名姓、硝石的房间，

一个的信仰里，愉悦的年轻光芒像一座管风琴，

一个人初试云雨，回到村庄，途经被烧毁的森林，

他听见蟋蟀说着别样的话，而树木生长着，直到能听见他，

因为他心中有一个秘密的声音，像最初的罪行一样，

他心中有一片空间允许香水哭泣，
没有哪个正午，也没有哪个穿着星星鞋子的深夜
被他混淆为面包的灯——他曾进入那灯中，他祈愿
这段缓慢得可怕的时光能快点过去，他把愿望洒向万事万物，
它们抗议着被人紧握的枪支，
不愿自认为敌人，在面临强权时它们反对叛逆，
我心脏东边的某个国度，仁慈之国里的某个躯体，
在眼睛里——那眼睛被粗暴的决议所模糊，
在休息的人的爱恋里——他们待在未知的土地上，被强行带离子女身旁，
小小的妇女，雪做的蜜，这人间容不下她，
能容我的思想某天栖居半小时的每种世界里，都有她存在，
我相信那一天，我相信我的双脚，相信风之川里玫瑰的十种方向，
我相信我的左手，它受到的不公正对待，来自右撇子的偏好，
我相信我天生的羞耻感，它出现于人类受苦时、动物被杀时，
我相信某些东西的微不足道，可当我拥有它们时，我会快乐，
我相信一种快乐，它把生灵从天然的痛苦中赎出来，
我相信说波兰语的那人，用汉语悲泣的那人，用酒馆的语言来咒骂的那人，
我相信拉撒路，相信人们祈求饶恕时、通信往来时所用的清

晰语言，
我相信一月的同情心，相信笨拙，它是智慧的姊妹，相信沸腾在水里的石灰，
我相信一抔泥土，相信道别时的小心翼翼，
我相信某些事情，它们只在黑暗里才显而易见，只在简单的夜里才温和善良，
光脚走在一只鸟周围，点亮森林，在犹太女人的心上亲吻。

一个人爱的不是上帝的仁慈——我们把自己的需求托付给神，
信徒所爱的，是面对空无一物的地方时他们做祷告的意义，
思想搭起它摇摇欲坠的棚子，建筑师提升他高傲的角度，
砍倒本能的树，抬起栅栏，制造小提琴，
进入未知的事物，调研本质，把水展示出来，
洗涤伪装，安然待在隐蔽处，零散地走路，
发现饥饿，筛选种子，需要锤子，
发明“雨”这个字，打开伞，在阁楼里不加防备地哭泣，
使用扇子，猎捕动物，听见铅块说话，
一个人爱的不是上帝的仁慈——我们把需求托付给神，
人类受着另一种过错，铸造厄运的小雕像，埋起骨头，产生同情，
迟钝地学习东西，认为自己有知识、有痛苦，
带来沙子、成袋的煤炭、面粉，他的汗就是泪，
新生儿戴着表，死者把运转的起搏器带进坟墓，
睡在河岸边，夜晚溢出来，

消失在漫涨的水里，成为泥土，
居民抵达他永远的家，把他的东西放在桌上，和乌龟一起
睡觉，
英国花匠到了，给紫罗兰施肥，去掉霜里的毛毛虫，想起他
的女儿，
病人穿过长长的走廊，看着黎明，园子里的青蛙在湿漉漉的
双脚边叫着，
即将死去的虫子，双手被龙虾吃掉的小女孩，
打磨钢笔尖的蚂蚁，飘在琥珀里、已变成化石的眼睛，这些
发出一阵骚动，
还有荒凉的坑洞，有着钻石鼻头的狗拱着棺材，
有驶向狂躁人群的汽车，中国屏风后面液态的风景，
有一个声音，它不属于任何人，有另一个声音，它生在铝的
湖泊中，
每个角落都有愤怒的犄角，有睡不着的牛，像是布面具后的
两颗行星，
涡轮发动机的发明，动物学家的视野里鼹蜥的寒战，
还有红色胸针的果树间冷淡的波斯人，卢奇奥之子塞斯提乌
斯的金字塔，
水泥地上弹雨般的光，墓园里夜莺犹豫的颂歌，
在这夜莺旁边，住着冻僵的花朵和济慈的精魂。

要是你在这儿，我就不能叫喊，不能抱怨，
夜晚，我曾经在哪儿？爱情，那时的你是谁？
把你和我紧紧相连的，在残害中把你我分离的，

不是通过言语，不是通过人类用以分享空虚灵魂的事物，
而是通过镇热用的旧毛巾，
被灼热的血管所包裹的词语，被石灰刷白的词语，
擦亮坟墓以后工匠的白羊毛毡，猫变幻的形态，
英国游客的致敬，模模糊糊、玷污了相片的东西，
主观的光环，享有豁免权的外交官——他在门厅叹息着起风的清晨，
夜晚，那时的你是谁？爱情，我曾经在哪儿？
别用你们无声的词汇来回应，别再说没有喉咙的词语，
别再有钢铁王朝纯洁的血脉，锤头一般的坚实话语，来自守卫或陶罐的微弱话语，
篮子最底下的蜣螂，光芒四射的庞大白银上实现不了的话语，
海洋的女儿们，在没有羊叫声的无言窒息里，鱼的灰色话语。
在这玻璃和指环的最后一个早上，生命的巨鸟为我而唱，
你要像线头穿过骨针和打孔的贝壳那么难，
庞德的声音隆隆作响，像广播里的一阵石头雨，
黑暗的暴虐声音，暴风雨躲避它，如同龙骨躲避岩石，
审慎在克制的贝雷帽下，靠近大气层的风向标，
外国人应该沿直线骑车过来，
秋季的王冠应该旋转到日出，白昼应该达到它脆弱的边缘，
地平线应该撕裂马口铁，魅力应该去远方闪耀，
中世纪应到来，未来世纪应到来，世纪之世纪应到来，
牧场，荒漠，生长着绿意的土地，你们应该来看这个睡着的

人——就是此人，
你们应该来看这女人，她的衣裙是新的爱情烟雾，
像急速流淌的水，像苏醒的兽群，狄多和埃涅阿斯应该这样赶来，
像真与美那般一起到来，
因为密谋者已站起来，狂风已把门打开，
伤员拿掉头上的绷带，法西斯主义者存着他的衬衫，
正午进入恶毒的相机，烛台被点亮，
捎信的人回归他知名的善良，每面镜子都朝向唯一的脸庞，
似乎从一场爱情又诞生出另一场，从每座塔里都生出一段楼梯，
而你，孤儿之子，神明之父，掌管死亡的老国王，
你走上炽热的椭圆，在那里，被遗弃在集装箱里的弟兄，
在慈悲的面纱一角前，象征厄运的祈求者，
他们是可能存在的轨道里人类的圈子，在阴冷的花园里不为谁服务的信使，
游荡在边境上的流浪者，被扔进桶里的千年承诺，
谨慎的语言所发出的嚎叫，抵抗天国权力、坚固难摧的蓝墙，
物质的冗余，动物的冗余，给探索财富者的辱骂。

容不下更多怜悯了，
悲伤的，是那个过早关上窗的人，
他右手上戴着过世母亲的戒指，他是生活贫困的儿子，
我说出他的阴影，我的存在不影响他的存在，

一月的早晨，他像被农民踩过的雪，
他在前一夜态度疏离，他拿着硝石，看着伤口，
他展示出一条路，他的父亲沿路去往远方，
短暂事物的抚慰，持久速度的美丽错误，
容不下更多怜悯了，
喷涌的震惊之泪，甜美的最简算术，罗盘上的指向，
人类展示出他衰竭的象征物，大理石展示出它俘获的鸽房，
容不下更多怜悯了，
重量和装饰的理论展示出它们的脸颊和屏幕，钟摆的迅捷
　追击，
性和挽歌展示出它们的猜想和上午，它们那泥坯的硬腭，
容不下更多怜悯了，
卫兵警惕地住在鞋子里，死猴子的角落里，他贪婪地转动空
　白眼睛的轮廓，
他在谣言里消失，他拾起他的真理，他谁也不是，
他倒退着走向事物，在其中活过了数不胜数的年月，
他活在一切质询的东西里，他死在一切发出回应的物体里，
他亲吻未成年的品德，他笑对淫秽的恐惧，
他疲惫地活在轮廓里，他穿越忧伤的内心，他寻求安身的
　所在。

为了远离阴暗的公民群体，就必须死去，
在这群体中，一切话语都成为慵懒权力的表达；
没人为之付出生命的重要事物，为它而死也是必须的，
为了让自由的欢乐直面它动人的协约，

为了让人不戴面具地说：我曾是这样，
在我心里，它曾演算原子外形之下偶然性的法则，
罗马自古就有的群鸟的预兆。
必须死去，为了让家里的不公
在公众的色情里得到承认，
为了让人把毫无羞耻的无知称作“时代文化的表现”，
把不被国家话语叫停的羞辱，称作诋毁者的泥潭；
死亡本身也必须死去，
为了在与美学商品的对峙中，
能出现人类的某种感激，某种勤劳，
对于他该知道的事，他反抗它们的指令，
他在这世上长存的用途影响了斗争的时刻，
一张嘴传达给另一张嘴的事，谷仓那岿然不动的贪婪，
像无底的宇宙一样，用其作为滋养市场的东西，
自相矛盾的必要，个体与现代艺术的区别，
那场集体的兴奋把强迫称为领导，把沉默称为忠诚，
有人利用现实，想让全世界的理念都变得具象，
耻辱般的历史，觉悟般的溃败。

人类的老母亲，赤色石灰下的病态罗马，可以把这场旅行讲述给盲眼的听众，
我的生命可以奉献给柔软，献给仇恨，就像把孤儿丢在收容院，
它可以紧紧抓住偶然，就像计量的道德抓住数学的灵魂，
回想起苏格拉底的人，他的体谅可以拥抱悲剧，

可以在否定里犯错，用眼泪填满俄狄浦斯的棺材，
阴谋可以摧毁梵蒂冈，另一场救赎会伫立在虚拟的地点，
用鸽子换蝙蝠，用十字架换方尖碑，用鸦片换熏香，
被摧毁的罗马，重新回来的罗马，正待修筑，仿佛一具重要的尸体，
疼痛的脓疮，婚礼桌布上的毒药污渍，
舌头上带有蚂蚁，青铜疤痕带有王子的恶臭，
法西斯的勒索像黑色电缆一般包围了城市，
民主像梦境末尾无谓的疲倦一样腐朽，
有个世纪允许毛特豪森存在，那个世纪末尾，精神病罪行的肮脏一生，
以不详的理由，在不详的地方，屠杀不详的人，
作案人的灾祸，一场大戏的负责人面前，耻辱的融洽，
老人的谄媚，年老的资产阶级，嗜血的奢华，
保管玫瑰的人牵着灰色骏马，制造疾病的月亮照着严苛的人，
囚犯的时间不倦地流逝，
劳累的狱卒在他的住处，活着的人在他藏身的地方也累了，
热切的心构思着它的逃亡，不曾闻名的人设计着他精妙的埋伏，
猛烈的光让他迷乱，沉思的光将我哺育，
广博的空气，音乐的极端聪慧，白昼的长久明澈，
我唯一的财富，让残缺的灵魂有了摇摆不定的天真，
寓言帮世界恢复了它在人心里的地位，后世的丑闻长着天使的头、恶魔的身子，

正直的家园前，沉默突然发出声响。
没什么影响，正确的方法对你的友谊没什么影响，
常见生物的过错对正确的方法没什么影响，
假如在生命的法庭上，每个生灵都在它们各自的愿望里就位，
男人选择一条金色的鱼，女人另一条，尊贵的太阳选择奇异的蝴蝶，
独眼巨人仅选择一只眼睛，黑色蜗牛选择它的颜色，
像落后的鸟，像文盲的脚印，像星座前的一个元音，
像四大元素再加上雪和闪电，像迷惑的亚当，像我父亲点火的手，
像老水手凝视着船上冒出的烟。

再见，罗马，再见，神秘莫测的痛苦光芒，
再见，巧舌如簧的梦，不在夜里的光线，星体的飓风，
再见，殉葬的王冠——你们睡在月食中，拱门的腰，
再见，秋天的阴沉王国，里外翻转的手套，再见，年迈的、夜晚的太阳，
再见，水的音节，雕像那没有实体的灌木，
再见，爱的旅店，他们要分开我们，再见，欲望，再见，异教的天空，
你们要对着火大笑，用锁关住赤裸的光。
要紧的不是活着而是生命，不是死亡而是人性，
有谁把街上生病的花朵剪下，有哪些衰老的狼，活生生的溃烂肉体下有哪双弯曲的眼睛，

骗子和不知名姓的温和者，他们零散的脚步要去往墓石和骨
灰的什么宝藏，
驯化苦涩的人遭到驱逐，他要去往哪个木棚，怎样接触
城市，
啊，没有缘由的罗马，被螃蟹那死尸般的嘴巴熏臭的罗马，
一点一点被蚕食的罗马，
谁来自半梦半醒间的起重机，谁来自凶暴海洋的深深恐惧，
一切都互相背叛，曾经相爱过的，终将失去彼此，
再见，钢琴师的黑星，再见，大地的仓促，
卧室空着，死去的肉旁，徒有天鹅的假设，
徒有一根纤维，徒有一朵云，一张风的地图：
“有个名字写在水里的人安息于此。”

1997年10月至1998年2月，于罗马

红房子（2008）

你听到了什么，沃尔特·惠特曼？

炼金术士

记号啊，你已竖立。

——何塞-米格尔·乌利安

我曾彻夜阅读皮科·德·拉·米兰多拉《论人的尊严》
从中推出1486年的5月14日并不存在
春天和青春都是马西里奥·费奇诺之女
美是神话所定的三脚凳与变色龙之妻。

我承认柏拉图逝世六千年前我曾在一杯水中识读命运，
承认曾喂养过一头指甲弯曲的动物，
承认受过波斯法师的影响。
我没有孩子，这难道是桩罪行？
我也没有写作史诗的能量。
我坦白我赤足礼拜圣母怜子像的三角，其他人唤它作琐罗亚
斯德之塔，
坦白我信仰数字7的神学和热量供应者的孕育，
坦白我相信洛克里的蒂迈欧，多样之物的天文学家。

我曾彻夜阅读假设之树，
从果实里带回家一架雅各梦中的旋梯
带回所有石头都来自天上的证据。

我为关注阻碍之物负责，

我为浪子来访和天体音乐负责，

我为不曾让写下任何将来未曾发生在我身上的事负责。

我曾彻夜阅读《论人的尊严》，

从中推断出海的算术，圣栎木树皮下的法则，

推断出科学的河流，迦勒底的燕子，

推断出死亡的不存在，犹可辩驳之物的丰饶。

亡马村

写给乌苏拉和安东尼奥·佩雷拉

亡马村是莱多·伊沃诗里的一个地方。
一首莱多·伊沃的诗是一只寻找丢失钱币的萤火虫。每一枚丢失的钱币都是一只背过身的燕子，栖息在避雷针的光上。一根避雷针里，一群史前蜜蜂围绕一个西瓜嗡嗡作响。在亡马村，西瓜是半梦半醒的女人，心里荡着一串钥匙的响声。

亡马村是莱多·伊沃诗里的一个地方。
莱多·伊沃是个住在巴西的老人，以疯子的面貌在选集中现身。在亡马村疯子有苍蝇的翅膀，他们把烧过的火柴重又放回盒里，好像它们是被另一个世界的光擦过的词语。另一个世界是杯子的底部，那里一切直都是马蹄铁的形状，只有一条华达呢里衬的街道。

亡马村是莱多·伊沃诗里的一个地方。
一个莱多·伊沃诗里的地方是一条早早起来制造泪水的河流，泪水是小小的雨之谎言，被金合欢刺伤。在亡马村，飞机用蒸汽的缎带扎起天空，好像云朵是一份圣诞礼物；幸和不幸的人都踩着海鸥环志员的小梯，上到永恒的跑马场。

亡马村是莱多·伊沃诗里的一个地方。

一首莱多·伊沃的诗是一位日晷的情人，踮着脚离开第二天早上的旅馆。“明天早上”，他们打算对彼此这样说，但再也没能见面，不过仍然相爱，挽着晚风出门庆祝树木的生日，为自行车铃写下乐谱。

亡马村是莱多·伊沃诗里的一个地方。
莱多·伊沃是一间满是燕雀的学校，一个在牛奶盘里歌唱的舵手。莱多·伊沃是一个包扎波浪的护士，用他的吻点亮舷灯。在亡马村一切完美之物都属于别人，海星螺母属于梦游头脑的劫掠者，周日玫瑰的快递员属于女佣小小的光之王冠。

亡马村是莱多·伊沃诗里的一个地方。
在亡马村，每当一匹马死去，人们会叫莱多·伊沃来复活它；每当一个传福音者死去，人们会叫莱多·伊沃来复活他；而当莱多·伊沃死去，他们叫来蝴蝶的裁缝复活他。听我说，美丽的回忆疾逝如松鼠，每一段终结的爱情都是一片拥抱的墓地，而亡马村并不存在。

红房子

给亚历山德拉·多明格斯

是谁到处说 城外有个红房子 说黑衣主教在那儿把鹦鹉献祭给洪水的声音 洪水长着白胡子 像一个婚礼的周日上司法的柳树 传教士爱暴风雨 用珠母封面的圣经敲打海军士官生的勃起 各家喝酒 在胸前划十字 集昆虫 那页的孩子安详地自慰 用那种透明 耶利哥的玫瑰闻起来像香草 谁在到处说城外有红房子 房子的幻想满是鱼 圣彼得的鱼 海豚的觉醒 被困在荒漠海湾的篱里 从前是美第齐家的洛伦佐有红房子 拜占庭的橱窗模特儿有红房子 我的心是红房子 玻璃鳞 我的心是海滨浴场的更衣室 里面永恒很短 像泪的烟囱 牛头怪让自己眼睛沿着星星的悬崖滚 天色渐晚的伤口在沙里做巢我用翅膀说话 用燃烧物的岩浆用钻石烟雾说话 对称性喝下毒药 鸟叫里响着死人舞里的和谐 红房子里有张白桌子 白桌子上有个银匣子 里面装着周六的无 坏天气冲墙呻吟 悲伤冲大理石呻吟 先知在湖边有座纸莎草房 犹太隔离区的女孩住过满是问题的房 我左手闪着一枚水戒指 温度的水银照亮迷信女人的人像宝石 我唱的是光 是针对算术和数字的马谁说城外有红房子 一个天空食指和虔敬爱人黑睡莲之下的房子 乌木眼睛的男孩爱那场病和国王们的红宝石 美丽的女人们梦到水彩画 草鹭 书册和羊毛地毯上突然的奇迹 我迷路了 在两朵血玫瑰之间 一朵给灾祸涂上急不可耐的美 一

朵给晨曦染圣体的星 我的意志有金银匠的狂怒 我的任性有你铁额头的氧 没人穿过恶之林 没有人在死的草上听不懈仪式的忧伤演说 我看到彩虹 我看到音乐家们的祖国 看到福音的橄榄树 我的家是一座红房子 赫然闪电纤维下 我的家是视像 是一岛之美 装得下满大人的盛装 古老年纪的多疑暴利 这个家面朝北方 朝欧洲蕨的湖 这个家面朝东南 被乞讨的气息抽打

诗歌秘史

第八日，诗人们鄙夷那蛇，伊尔汗·博尔齐在加利利海边添起一座塔，鹿去了市场，光在柱子上磨砺自己的消息。风还没有把雾吹斜，屠宰场不见苍蝇。继一日，卖花人脖子伸长到第一个百年，旱地露出来，伊尔汗考虑还没做的一切事。

第七日，即是说，一枚云雀蛋。伊尔汗为自己所知而羞赧，因着没下雨而橄榄树枝已经被修剪。于是他带孩子们去电影院，去鞋铺，买了好些小面包。夜落下来，像旁边院子里的一个胶球。伊尔汗捡起球，放在第六日门口，让伊薇、莉拉、艾哈迈德拿着玩。

这样，第五日打听着哪里卖鱼到来，磨刀匠的女儿骑车给刺猬送去面包，玫瑰从无聊里开出来，黄色选定了行当。

第四夜匆匆来临，牧畜钻出烟囱顶，月亮跟瞪羚一起吃草，榅桲闻着有杂货铺的味道。伊尔汗煮了无花果咖啡，记挂着一把钥匙睡下。

第三日，听说有人发明了一把椅子，伊尔汗看看太阳，想起沙漠，给它寄去一封信。胡子已经长得像花园了，他去伊斯坦布尔转了一圈。

将近第一日前夜，一个女人问她的儿子该几点生。她脸像洗衣女工的手一样惨白。也就是说，本该有人起床烧水、浇浇老鹳草，去趟岛那边再回来。就快到今天了。

母鸡轻唱，爪子是蓝的，跟酒馆里传的旅行故事一个颜色。“都听到天堂了”，他说。

次日，伊尔汗穿上一件白衬衫，就安息了。

安魂曲

过去你总看见蜘蛛
在有音乐的地方。

——克劳迪奥·罗德里格斯

迷信思想的贵族，现在谁会相信你。女巫的骨头，谁会相信你。地底的哪个信差会悬挂起他对电报机无用线缆的感叹。唯有在医用导管里呼吸的乞丐，和星星完成了交易，只有死亡才让他烦躁。

谁在因遗忘而苍白的物质里。发明冰块锻炉的人中，有哪个孤独的金匠。他们中的哪个今天会是失踪者里的老居民。哪个买火花塞的人会在这锡制骨灰盒前为你守一夜丧。

你在瓦砾里打磨骨头的分叉，那瓦砾中谁是引诱你的饵。难道是在“不可能”里复述你僵硬词语的那人。也许是被命运做了文身、不在天使的抽象过错里受罪的人。

谁会感谢水杯的洁白。唯有“那人”，他的疤痕保留了通灵能力，他把一块磁石带进城，凝视的人就在那石头里，有声音，有雨。

你现在穿着沉睡者的铠甲，谁会把你认出。谁必须愉快地钻进甲壳。谁拿着燧石战锤去玻璃匠的工坊。谁胆敢叫出能复原一切那人的名字，谁被窃取无法破解之事的轻松。

谁把空气给鸟，让它吹出口哨，谁把陨石给天文学家，谁定要在另一双蓝眼睛的腐朽珐琅前，为羞怯三角形的姑娘和看雪的濒死者恢复它的洁净。

面对有争执、有装着手稿的行李箱、有通往不幸的车厢的站台，死者报以怎样的无瑕微笑。谁用优美的字体写出在井边建立纽带的人，平静的水流向倾在无名坟墓上的焚香炉。

难道是那向杂技演员伸出手的人，难道是在“简洁”两岸梦想着伟大、聆听墓园里众多眼睑的人。另一群疲惫民众的儿子，一个持有人，他的缺失用文盲的笔迹点亮夜晚。

深渊和乳母会对土地深处说：我主，请将永恒的安息赐予他，请把不灭的光为他点亮。

蜻蜓的诱惑

你发明了我。

——安娜·阿赫玛托娃

（斯塔齐，1956 年 8 月 18 日）

我心中有一只蜻蜓，像人们心中的祖国
被称作眼睛的种子。温柔中
岩石般奇异的生灵恰似良性的肿瘤
生在完美的骨头上，各式各样的真理
的确是令人难以置信的事情。那时
我在理性的灯芯草丛有一个蜻蜓的梦。
采集虚幻的海洋那些像折起来的伞一样
疲惫的听觉木头，搭一个房子似的建筑。
在那些日子里，房子似的东西是会话，
和预感的睫毛相关的话语，樱桃树之间的猫。
我对任何关系都很陌生而一切黑暗对我都是馈赠，
一个永恒的传闻像赤裸的身体来到我手上。
呼吸这氧气的不是爱的口，而是爱的憧憬
犹如幸福的日子身穿绿裤子的裁缝。
各式各样的真理的确是令人难以置信的事情，
男人的幻想是来自陌生处的光明
但他并非那发明的主人而是临时传闻的声音，
那在其中珍藏自己快乐之人的大厅。

我在心中有一只缝合的蜻蜓
但大脑的叶片使我的双手向里成长
寻求一个杠杆，用它排除恐惧的石头。
我毫不费力地开始向反面哭泣，将情感
混在一起，它们将语法的点滴引向外语。
既然我不是这发明的主人，在将我当作怪人之前
我便远离了乐观主义，不指望被两个以上的人理解
并开始倾听自己的话语像落在空中的锤击。
好像时间已经不再持续，
好像盲人的所有想象一经触摸便会溶化，
好像蝗虫落在精神的田野。
我心中只有一只蜻蜓，如同他人是眩晕的兄弟
并将星座的主动脉置于太阳穴。
好了，各类真理的确是令人难以置信的事情，
可能与这无形和这些事件相关的
只有一只蜻蜓。

诗　人

——致拉菲尔·佩雷斯·埃斯特拉达

我们走遍郊区，

漫步在草地，

夜里在屋檐下休息。

诗人生着播种土地上被啃食玉米的胡子，

诗人绕着没有风筝线的线桄。

诗人是夏天麻布似的眼皮下

街头小贩沙哑的声音，

是将湿地吹干的风的目光。

诗人所说，

诗人对女占卜者，

对头戴灰色贝雷帽的孤独者，

对那将他的话当作一个盗窃故事的人所说。

诗人是大气四种颜色的玻璃，

是食品柜橱模糊的钥匙。

他坐在父亲的右侧

和玩纸牌、看手相者一起，

听死神讲话、向死神诉说

和死神同卧。

诗人所说，
对那自以为
有点什么的人所说，
对以为拥有什么手表的人所说，
对某种争斗的主人所说。

诗人是夜里在围栏间徘徊的人，
作为蚂蚁之友
在建造粉末的房子。
他将星期六模糊的面包
和鼓皮，保存在自己的木盆里。

诗人像教堂黄色的蜡烛
和妓女们的水跳舞，
诗人像纸做的船
和没有嘴唇的姑娘同眠。

诗人的双手书写小杂货店的标签，
在教堂向酒厂的主人请安。
他名叫“迷雾”或“霞光红发”，
他不知此刻“胡桃苦口”的眼睛会将谁亲吻，
他像山丘的鸟，像和渔夫马丁对话的
面包师的儿子一样发出哨音。

诗人所说，

诗人对有着蜂鸟的小眼睛

和白袜子的姑娘所说。

他是秋天进食的年迈牧人，

种子的杂音诗人，动物方舟的木匠。

在灯泡钨丝下痴迷

转动对他还有意义。

他生活在裸体女人的祖国，

为马的骨髓哭泣的疯狂的儿子

沉没在其土坯房的烟雾里。

诗人用牛奶给歌声的笼子上漆，

头颅像陀螺一样

在妓院的地板上滚动

在所有的神殿逗留

向被钉在十字架上的人乞求恩赐。

为纺织女工所赞许，

身患不朽之症

仰卧在公园飘升。

诗人在救护车里穿过向日葵的田野，

诗人是驴槽边的天使，

峭壁上的草屑。

诗人如流行病雨水的钟表，

抵御瘟疫的煮沸的破布片的蒸汽。
抵押了祖祖辈辈的庄园的诗人
如今是陶醉于伏特加的布尔什维克的灵魂。

那族长在海外开了一家商店
并用四分钱买了一把梅毒，
他熟悉香料买卖和树脂交易，
无政府主义者们的把兄弟
用他黑色的屎壳郎面对大海的迷茫。
他被预言和鸟儿包围
生活在一位竖琴演奏者的手上，
他有三叶草和小蜡烛的指头，
他的骨灰能将水塘的鲤鱼喂养。

我们走遍郊区，
漫步在草地，
夜里在屋檐下休息。

诗人所说，
诗人对女占卜者，
对长着白胡子的曾祖父所说
他睡在公社并在那里漫步
将自己的口号告诉蜜蜂：
他为了加工星星。

我会采取生活的一切形式 所有语言

只为了再次见到你

——弗里德里希·荷尔德林

与兰波同逝

致瓜达卢佩·格兰德

我在黑暗中过了半生。

我卸下黑暗卡车的载货。

我将黑暗一饮而尽。

我与黑暗同眠。

我曾爱上黑暗，与它共枕。

我摸过黑暗的石头，直至弄伤双手。

我在黑暗里反复唤过你的名字。

渔民在黑暗的雾里歌唱。

失去生命的青年在黑暗里清醒。

乐手和妓女把心储存在黑暗里。

我半生都在梦想着黑暗。

我把青春寄存在黑暗收缴的税赋里。

我让黑暗一丝不挂，与它交欢。

我用牧人的手指抚摸黑暗的性器。

黑暗是阴郁手风琴的祷告。

黑暗活在破解了死亡的词语里。

黑暗栖居在美的近郊。

你们让黑暗的狗吠叫吧。

你们去听黑暗的神圣麻风病吧。

有狗的一页

拿卡宾枪的士兵逮捕了我的朋友，
把他们的手绑在铁轨上，
又勒令我登上火车、远离这城市，
就像现在驱逐外国人一样。

我的朋友在沉默里病了，
他们在神圣近处看到幻象。

不是无辜者的伤，
不是捕猎爬行动物的绳索，
在我脑海里，残忍有个名字。

那些人管我叫犹太人，
犹太狗，
犹太共产主义者，狗崽子。

这不是用三个字就能解决的，
因为对于我们每个人
那三个字的含义都有所不同。

我养过狗，

我跟它说过话，
我给它喂过食。

对于养过狗的人，
“狗”这个字和“朋友”这个词同样忠诚，
和“星星”这个词同样美丽，
和“锤子”这个词同样必不可少。

小男孩约翰

小男孩约翰不是小男孩胡安。

小男孩约翰的眼睛和小男孩胡安的眼睛在湖底看到不同的东西。

小男孩约翰的眼皮底下，渴望是值两美元的小海马。

小男孩胡安的眼皮底下，黑蝴蝶扑扇卖西瓜。

小男孩约翰有一把水晶锤子，小男孩胡安有一颗透明核桃。

小男孩约翰的手数星星的种子，小男孩胡安的指头玩被云遮住的月亮片。

小男孩约翰的眼睛和小男孩胡安的眼睛看不同的鸟儿在黑暗里发抖。

小男孩约翰给妈妈带来山的坡，小男孩胡安的妈妈收到冰雹珍珠河的歌。

夜里，小男孩约翰的影子梦见自己是天亮时小男孩胡安的影子。

昨日的面包

我的家乡没有泰晤士河也没有莱茵河
这里的人从未听说过赫拉克利特
人们出生的房子在雨中倾塌

渔夫从河上回来，篮子空着
你曾眼见这树从小长到大，它正哀嚎在锯木厂里
人们出生的房子在雨中倾塌

餐馆里的老主顾讨论着地球之圆
流动商贩买下旧褥子上的羊毛
人们出生的房子在雨中倾塌

母亲们继续在石碑下剥豌豆
我在世界中心听见钟声
而人们出生的房子在雨中倾塌

卡尔·马克思对我们来说既不是摇篮里哇哇叫的婴儿

也不是圣器看管人大胡子的恐惧

——安东尼奥·葛兰西

代表大会

亲爱的木匠和制作红木家具的师傅们，

我给你们带来了形而上学者声援的敬意。

由于同盟者拒不交纳会费，

我们的形势同样难以为继。

从此不会再有抒情的诗意，

经你们允许，诗歌决定结束

自己的功能，就这个冬天。

对此请不要产生怨恨，

但我们还要求你们一件事，

我的树木的老同志老朋友啊

唱国际歌时别忘了我们。

阿里斯托芬的历险

一切都不寻常，因此一切皆寻常。

——米格尔·安赫尔·穆纽斯·圣胡安

那些天，老欧里庇德斯忧心忡忡。

雅典的缪斯威胁说要砍断他的脖颈。

他在戏剧里所说的即将成为悲剧。

欧里庇德斯惧怕能撕裂悲观酒囊的指甲，

他害怕自己才智的嘲讽会让他成为乌鸦的牧场。

庇佑谨慎者的神睡得很深，深得荒唐，

而非物质的神和狂热的偶像一起纵酒厮混。

欧里庇德斯伴着险境的敲击声踱来踱去。

缪斯们酩酊大醉时，不该与她们对抗。

知名悲剧作家当时相当于被荒谬染上气息的少年。

天空的噪音掩盖了地球的喘息。

当诗人为了劳作在沉默里的民众，伸着他的兔脖子，

像奴仆一样歌唱时，世界也许应当噤声。

那些天，老欧里庇德斯苦闷心焦。

缪斯们已向他宣判了最终的刑法，而他以身犯险。

向上的音节，向下的音节，苦苦思索如何救命。

就算看来怪异，每个徒劳的想法却都挽回了什么，

只要它们面对疯人的企求时装作缪斯的模样。

老欧里庇德斯是神殿中间的一个漂亮稻草人，

而二流作家却成为坚固的立柱。

那些天，围绕人物的一切都激起恨意，

甚至连议院那些口舌伶俐的缪斯都把小麦喂给母鸡。

希腊最愚笨的作家头被剃得像雪球。

欧里庇德斯装傻，当然只因符合时宜。

比起逃避天使的合唱，逃避战争简单许多。

总之，为了解开哈耳庇厄的绳结，他得把修辞释放，

倘若不按他说的做，结局则会很糟，他说了两点：

“你们让我自由，我将不再关照你们。”

给永远打手机指南

按星号。等听到这些虚无玫瑰的福音。缺氧后按零。请等待，直到听见鲸主教座堂里的悄悄话。然后按 7，说“蟋蟀”这个词，听蟋蟀。之后接线员会问您需要什么。按字母拼出石碑才能转接贝尔尼尼。在慢里思考一下慢的问题，有沙漠。抓一个小枕头，让八月像马戏团的狮子趴下。我们所有的线路都忙。不过黄昏可以接听，如果您需要一位治泪的心理分析师。不，如果您是要苗条的永远，请不要说话。一米七，松木。请关注您的手机。玫瑰学院已经没有玫瑰。有一块钟在每个花盆开放，指甲上的云。失败。感谢来电，请不要挂机。请把帽子放在床上，我们永远不会接待您。

大唐酒家

我在大广场的中餐馆爱上你

那天，金色的龙下面

你是世上有过的一切王朝

你是河流的三角洲，施魔法的瀑布

阳光色的咖喱，餐巾纸的结

我爱上你那天是猫年的开始

云在屋顶下喵喵叫着

庆祝星辉如雨、大米丰收

糟糕，你离开时碰翻了石膏佛像

所有好兆头都摔得粉碎

姑娘，一切都已经回不去从前

当时你的味道像“幸福之家”冰淇淋球

我用竹筷轻抚你，春天的嫩芽

活在当下

爱情结束时，周六没人再带玫瑰花来

蓝布鲁斯科酒瓶不再“砰”地开启

悦人的前卫电影变得乏味

没人在复活节送你袜子，没人给你放好温度计

爱情结束时，十点钟提前十五分开始

星星来得越来越晚，延迟许久

母猫把神甫种在房顶

反射的光直接聚焦在相框上

你挪动家具，收拾书房

放大镜出现，你找到洗衣店的小票

超市收银员以另一种方式冲你微笑

鸬鹚变成信鸽

糖用完了，你想念甜味剂

所有出租车都挡住你的去路，你径直走向比喻的汽车旅馆

有人按响门铃，邮差把女邻居的挂号信给你

有人打来电话，夜晚又一次弄错了号码

聪明人肖像

我觉得，他说话声音比别人大一点

我们这些其他人几乎永远愚蠢

我们有个同样愚蠢的双胞胎兄弟

我们喜欢饼干，因为我们就是喜欢

我们烧水的时候，牛奶会洒出来

没办法在博彩时猜准聪明人的选择

人们自认为是马拉美的奶娘

只有他一人尽力阐释自己

他已经用手势示意：他不懂你的话

也许确实如此，聪明人不像他表现得那么有理解力

聪明人找你要一根烟，你给了他一根

下个月他就向你索要烟草厂的股票

你一成不变而聪明人总胜过你

没办法让聪明人失去席位

谢天谢地，聪明人的妻子

不像聪明人本人那么聪明

聪明人不啃指甲，他吃自己的脑子

聪明人口袋里不装白纸而装莎草纸

我觉得，他因此说话声音比别人大一点

谋杀夜莺指南

藏宝地永久保留它的名字

——塞萨尔·莫罗

你们须把它的舌头钉在蝴蝶的箱奁里

夺走它的色彩，撕成碎条，脑子的黄油——

你们将看到它在那儿来回寻找白雪公主的凸嘴——

被扔给母亲们，喂给孙辈当茶点，在别墅里逡巡

不知不觉中，它挑出巧克力里的榛仁

酒杯之王迎接它；它曾有领带，现在已不用

它有三只耳朵，一只完整的——是为了它的十只手指

它掀起新娘的面纱，不尊重雪白的香堇

你们若知晓它怎样亲吻护林员，就会恶心

它起身时，脑子里满是错别字

它打电话，自己接，聊起莱萨马

留在卡普里岛，就像人一样，踹一脚

其中有什么，我在思考，在它满十九岁前

会有一言不发用棍子搅碎它的方法

我手里握着心，说道

纪念约瑟夫

在贾尼科洛山的酒吧里，我和布罗茨基喝咖啡
我不会英文，他也不说塞万提斯的语言
我的老天啊，我俩几乎彼此听不懂
他一边点鸡蛋三明治，一边思索
罗马遗迹那与生俱来的明澈
至少，看他孩童般的脸上，道出想法时的模样——
像是取出一把剃须刀——我能推断出他的思想
“小丑正在毁灭马戏团。”他对我说
我并不愿给他加予什么色调
若我是前拉斐尔派画家，我也会爱上奥菲莉亚
若我攻读过精密科学，我则会重新发明数字零
也不必因几次处斩就变成这样
我俩都觉得多妻之人钦羡我们
可我们淡漠的脾性
跟战舰最为相像
连鸽子都会在靠近以前三思
他要去伊斯基亚，离维吉尔故居不算远
漫无目的地怀念自己的先祖
他打乱某些名字时，越来越严格
木头的刨花，剁洋葱人的眼泪
我们说别人闲话，谈论蜜蜂

谈论空难和母鸡刻在泥巴里的

楔形文字，卡拉瓦乔们对抗贝尼尼们

他真是个好人，人们把他赶出疯人院

几天以后，又把我赶出柏拉图学院

她　们

我们原本都会成为女王……

——加布里埃尔·米斯特拉尔

她们可能刚起床 听到远处一股睡鸟的气味。可能世上一切，草和星系，都还是梦。她们会熨衣服，可能喂不是她们亲生的孩子吃饭。她们渺小地回到生活，回到希望某天不再是一个人的郊区，在周六的庄家手上拿到满把红桃。她们掸去从来不读的书上的灰，换掉别人相爱的床单。没有人知道哪个小事物的神还能让她们在照片里微笑。她们走向地铁，但丁的贝雅特丽齐们，朱丽叶们，蒙娜丽莎们。她们没有过错地幸存着，虚妄地，热切地，被人看轻地。她们也许会恨，也许会梦。

学　徒

圣灵的监牢里，囚禁着有一切罪责的友人。

他们为了去修理工的车间当学徒而辍学。

他们所做的就是：让莽者和怯者快乐。

有时他们是对的，有时他们犯错

并且和栗色眼睛的小姑娘从村里消失。

应当看看他们是怎样毫无恶意地

拧断行为过分的人的脖子。

有时他们睡在运货车厢里，

有时他们睡在消夏女人的脸颊旁。

圣灵的监牢里，苹果落在地上。

对他们而言这世上不存在慷慨，

他们的星星以光速消失在天上。

他们吹着口哨从铁轨上返回，

那个时候人们在月蚀之夜向他们发起挑战。

有人拿着枪筒被锯断的猎枪，袭击了加油站，

有人不知道为什么这么做，有人不知道为什么不这么做。

他们所做的就是：让地球仪在指尖转动，

应当看看狗、妓女和孩子多么爱他们。

圣灵的监牢里，他们一边想着尖锐的姑娘，

一边赌着俄罗斯轮盘，就算在星期天—— 一群稻草人。

天真者的瞳孔

你的言语在回忆里倾斜

——维森特·维多夫罗

你们别把死亡唤醒
“偶然”正在狐狸的礼拜堂孵化幼女的蛋
有一片天空上挂着将被永远擦除的图画
童年的吉他里，一片豆蔻墓地
制作钳子时用上了钳子，祖父母
吸呷着汤，听见碎瓷片里灌木的叫声
避雷针吸引云的肋骨、森林的头发
他们不见了，仅因他们就是不见了
夜晚的皱纹从井里出来，嗅着床的气味
蛀蚀家具，捕钓鳗鱼
在腐朽圆圈的停滞钟表里
絮语，直到再看见上校
当人们捆住他们的睫毛时
他们不把钱给玩具制造商，而把项链留给磨坊
他们的天空被口口相传，他们取道
龙虾的捷径，前往冬日的香蒲
短小的诗篇宛若出租车司机
在火车站排起长队
帮残疾人提行李

爱情故事

从前有个在港口卖纪念品的小伙子
有个住在高级宿舍的姑娘
那时每一天都如同康乃馨革命
每隔两条街，就有一个“偶然”立在拐向中式凉鞋大道的
　街角

在她眼里，大海仿佛读过圣琼·佩斯
那么年轻就读过法国群鸟的伯爵，真不简单
和没读过惠特曼的人一起躺在草地上，真不简单

阶级差异看起来可以弥补
于是他们相爱，像姑娘们惯常
爱上在港口卖纪念品的青年们那样

王子和乞丐走进向百科全书，途经相似的故事：
她赠给他一本《光明集》
他小心翼翼为她在枕头下放一本《地狱一季》

诗人背包里

致豪尔赫·李希曼

带着给变色龙的酸奶

春分日的剪刀 好啊

秋分日的剪刀 糟糕

悲悯犹太人公墓的石子儿

论证的块茎

蚂蚁工运史

喝水的咖啡杯

打开姑娘们睡梦的钥匙

约瑟芬·贝克的鞋和小偷的马蹄铁

给枕头的一把土

　　枕头

　　点燃火盆的一只口哨

给相似的瞬间响起的核桃声

热度感到幸福的村庄

走向秋之王的星星秘道

叛逆国歌的墨水瓶

给面包的面包　　就带这些

这些重复的繁荣

天使广场

（和奥克塔维奥·帕斯）

这个广场上 德国人喝啤酒
这个广场上“女人们缝缝补补 跟孩子们唱歌”
这个广场上 36 号楼“两个人赤身裸体相爱”
这个广场上 有个酒店叫维多利亚
这个广场上 葬着佩德罗·卡尔德隆
这个广场上 有个迪齐·吉莱斯皮没演出过的酒吧
这个广场上 无业游民乱尿
这个广场上 老鼠是白色

艾伦·金斯伯格

致何塞·玛利亚·帕雷尼奥和纳丘·费尔南德斯

哪

在哪儿

那小子在哪

那个风衣男在哪

那个黑风衣男生在哪

他去一细胞一细胞分解大脑了

他去找小纸条开垦新的经典隐喻田

他去对教士的阴沉吹几句耳语

他去给马戏团吊绳松松绑

他去跟女服务员们聊聊天

哪儿

将会在哪

那个黑风衣男

西西弗斯历

二月

男生抢男生的女生

三月

男生找另一个女生

四月

女生抢女生的男生

五月

女生找另一个男生

六月

男生抢女生的男生

七月

女生抢男生的女生

八月

女生找另一个女生

九月

男生找另一个男生

十月

男生

十一月

女生

十二月

圣婴诞生

一月

三王来拜

别　名

思想的根源在云里——与河流的根源一样，
一切皆为光的地方，一切都似暗夜。
“如果你否定星光呢?”
“那么月亮可能出现。”
“假如你遮掩月亮呢?”
“那么闪电可能放光。”
答得很快，
体操教练给他起绰号并非徒然。
而狂热分子只相信在经验之“我”中
能找出自然谜团的答案，
看来他已登上
现实和生活，不知去到哪里：
十一世纪邮票藏品，
瓷器拍卖会，
荆棘王冠疗养院。
他与禁封他作品的人私下有过来往，
他被交给把他卖作奴隶的船长。
他在咖啡馆里无偿讲授“自我约束”，
不应把他和另一个“柏拉图”搞混——
那人是戴贝雷帽和怀表的当代喜剧诗人。

要是没有诗人，资产阶级会是什么样

以前诗人咒骂资产阶级
该死的诗人，诗人真该死
诗歌已不再效力于资产阶级的福祉
小资产阶级厌恶办公室里的诗人
他们用手指数音节，偷走水笔

以前诗人咒骂资产阶级
如今资产阶级咒骂诗人
他们的繁衍违背达尔文的理论
他们没法与清单吻合
他们在所有报表里造成赤字

他们因自己的本质而接连得以永生
一些人靠贷款存活，另一些相信转世重生
他们伪装成教师，渗透进工会
而对填补臭氧层空洞毫不关心
他们用牙刷擦亮鞋子

从某个角度看，资产阶级感到失望，这实属正常
他们用钢笔把自己的肖像印在银行的纸币上
现在他们用吃鱼的餐刀切蛋糕

他们讲话滔滔不绝，用光了他们专属医生的收据簿

星星共和国后面，看起来什么也不是
一切都仿佛表示他们内心深处仍留有亲爱

偶　遇

我在地毯下找到一枚硬币，

它告诉我：把我花在你的幸福上。

我在床头柜下找到你的发卡，

不是我的，该是属于另一个姑娘。

我在床单间找到一个象棋里的王后，

你很久没动过棋子了。

我在古董店找到一个英式托盘，

它既不古老又非来自英国。

我找到一个女友，她好得罕见，

可脸上的雀斑大得像甜品碟子。

我找到一枚比塞塔旧币，一只螺母，一个没有提手的漏斗，

这些东西会有什么用处呢。

我找到一只狐狸，我生命的机遇，

我杀了它，钉上它的皮来风干。

我在门口碰到随便什么人，

那也许是我自己。

问题是

一天，阿波利奈尔来吃晚饭，冰箱里却什么也没有
我们的对话一文不值，像地铁出口的广告一样
一把22毫米口径的手枪和比利时一立方毫米的转轮
怪癖的分怪癖的秒怪癖的小时
圣灵降临节南瓜温暖的芳香
“滴”连着“哒”连着古钟的安眠药
破旧餐具上冰山的遗址出现在最后的梦想
沐浴春雨的炼金术士
鸟儿喇叭青年黄蝴蝶木头戒指
索道连接着天堂俱乐部的玉米地和北极光
扩音器喧嚣着葬礼解冻时的狂欢
孩子和风在彼特拉克梦想的冷饮店
马达加斯加的金合欢生长在电话的另一端
狡猾冰雪的信箱中有鹦鹉号潜艇的耳朵
永眠圣母的钱袋里装着夜莺的一文钱
人民的眼泪与望远镜水火不容
那些手臂在将列宁墓的茅草修剪
玫瑰的消灭者隐藏在千日红的随从中
信号灯闪着绿色的象征
一封硝化甘油的电报在你双唇的铅笔上
我对你的爱比你的未婚夫多百分之九十
我要原原本本地向你讲述我生活中的事情

圣洁的王子

阿米里·巴拉卡 唱歌，如同用石头打鸟

阿米里·巴拉卡写作如同吃早饭

阿米里·巴拉卡打招呼如同到了性高潮

阿米里·巴拉卡曾写下二十卷绝命书的前言

阿米里·巴拉卡曾在马丁的葬礼上哭泣

阿米里·巴拉卡他曾是马尔科姆的朋友

阿米里·巴拉卡在狱中有九女一男

阿米里·巴拉卡与一个名叫海蒂的犹太少女结了婚

阿米里·巴拉卡曾结识另一位并非犹太人的姑娘

阿米里·巴拉卡曾去哈勒姆生活并同情伊斯兰教

阿米里·巴拉卡与索尼娅·桑切斯和尼吉·焦瓦尼喝咖啡

阿米里·巴拉卡启发了《黑豹》中的探子

阿米里·巴拉卡是勒鲁瓦·琼斯之子

勒鲁瓦·琼斯留下了南方的卡洛丽娜

勒鲁瓦·琼斯曾和电影院的引领员粘在一起

阿米里·巴拉卡曾加入空军

那时他二十三岁而且是近视眼

阿米里·巴拉卡抛弃了错误的闹剧

他爱上了我们前面提过的海蒂

为了出版艾伦和凯鲁亚克他常常早起

阿米里·巴拉卡卷入纠纷并被打掉了牙齿

阿米里·巴拉卡获得了古根海姆奖学金

阿米里·巴拉卡像他父亲一样叫勒鲁瓦·琼斯

阿米里·巴拉卡结识了希尔维娅并按照尤鲁瓦的习俗举行了婚礼

阿米里·巴拉卡还不是圣洁的王子

阿米里·巴拉卡开始叫阿米里而他的妻子叫阿米娜

阿米娜·巴拉卡是画家和政治积极分子

阿米里·巴拉卡是诗人和民权激进的捍卫者

阿米里·巴拉卡看到了拉雷、科尔特兰和吉尔伯特的死亡

阿米里·巴拉卡变成了马克思主义者

阿米里·巴拉卡在但丁的地狱和弥尔顿的天堂之间徘徊

阿米里·巴拉卡给自己买了一件灯芯绒上衣和一条针织领带

阿米里·巴拉卡居住在距纽约半小时的纽瓦克

纽瓦克在 1967 年的骚乱中死了 30 人

阿米里·巴拉卡因持有武器被逮捕，又被宣判无罪

阿米里·巴拉卡依然不是圣洁的王子

头

我的头没了
我不是第一个也不是最后一个突然头就没了的人
一天早上 你起床 肩膀上就没人了

大部分头是因为无聊 不打招呼就离开
再也不想起从前的主人
回来的呢 多半出于失望
张望那边 以为这边没发生过什么

失物招领处满是我这样的头
代管一段时间 之后就不知道怎么处理了

总之不会永远放在那儿。

圈套电报

欺骗 空格 我愉快地接受这项奖赏 空格 向圣灵致谢 空格 不会是一颗下了毒的巧克力糖吧 空格 一个诗人应该比他部落的任何公民都有用 空格 谢谢伊西多尔·杜卡斯在集市摊位上帮我一把 空格 我害怕飞机 空格 我从路上走吧 坐一条小纸船 空格 海要烧起来了 空格 请诸位准备好话筒

面包师的自行车（2012）

不满的人和弱者 让生活更美好

——弗朗西斯·毕卡比亚

第一首诗

我说椅子空的时候让人很受不了他说尤其是葬礼之后婚礼之后所有客人都走了没错我又说锤子是准备开工的沉默走进阅览室发出声音准备好砸开随便什么也不至于他说没有哪本书能把嘴张大到卷入一场警方调查你别傻了我说法国和被占的波兰南部已经发生了一些事情是但是不在这儿他说这儿落两滴雨胆小怕事和华达呢雨衣就会挂满衣帽架。

这些诗他说已经变成了时装店的橱窗我做了一个鬼脸他看一眼很嫌弃不过还是配合说我看见你啦你以为当个要饭的脱下拘束衣去公共场所的废墟里偷鸡就行了我没对他说也没想起来眼泪使我变得平庸戏剧文本所具有的声望释放出自动装置的嘲笑它们被迫为人类事务工作。

好他对我说袋子都在那儿了你随时可以开始运我不知道我行不行我对他说他回答这是你的问题对但是我怎么可能一个人完成呢别跟我来这些他已经不怎么想理我了我能对他说什么呢闭嘴吧通往童年的路很长越早出发越好我心里觉得学院派的教条已经对我进行了精神残害携带圣灵讯息受孕的修女给我提供了她们工厂里的一个职位。

他告诉我方便跟好好地总是矛盾所以你看吧我不明白你想说

什么好话不说二遍对一个演员来说最好的失败是在马戏团斑马笼子旁边的大篷车里谢幕现在你懂了吧没全懂我对他说我感觉像个叛教者正穿过空椅子的风景你可以随时开始他说好我说在马戏团夸张的妆没那么重要你想做什么都可以他回说你缺乏常识和自尊确实我承认

铃铛

教堂的铃铛响啊响

尼克·凯夫在坏种子早期的副歌里唱啊唱

医生暴风雪已经涌上他的床

女孩们穿过魔鬼划的线 就像斑马线

听着大哥 我不做那些能跟她们所有人做的事

我梦里可没有奥运会

现在朋友们的女儿给我带来袜子

无论如何我很感谢有了新鞋子 口香糖颜色

我认得所有这些东西 据说属于一个我不知道名字的人

有一次我们轻快地交谈待到很晚

ta告诉我说爱上了一个举止端庄的傻瓜

管他呢我对一位警长说 他的獠牙长起来没停过

我从前有各种各样的悲伤 忘了我吧 你连癞蛤蟆都不配

对手抓着我的肩膀拉出那空空的房子

如果一个很有钱的家伙接近你的女友那可不全是好事

教堂的铃儿响啊响

尼克·凯夫在坏种子早期的副歌里唱啊唱

为了给同伴留个好座位必须叫卖过报纸

必须先于所有人知道发现一颗钻石的时候谁把它打碎了

最可能的是我们永远都不能有一辆凯迪拉克

最可能的是我们永远都不会再见面

跟我来吧 我有一张朝着天空的床

还有教堂的铃儿响啊响

寄薛定谔

那是如同《马尔多罗之歌》第 127 页所述的一个春日，鸟儿在啼啭里漫溢旋律，各忙各事的人类沐浴在疲倦的神性中。那天几乎没有目击者，只有四个猪鼻子，还有一把秀色可餐的姑娘在绽放野水仙的池边不停问生活是什么。在这个荒凉的季节，第四国际的支持者正等着那个黑胡子男人下达命令。我已经关上我的心，拒绝那些惯用表达，又在门上挂了个牌子，上面写着：我是个左撇子，推开云层的时候小心。

整整一夜我都在问自己为什么原子那么小，比方说，和歌德写的最短的句子相比。这没什么重要的，除非接下来我想起"Das Sein ist ewig"这句话，这个句子的意思差不多是"存在是永恒的"。叫人怎么能不失眠呢？光的速度一定比智慧的速度慢，不然，街头艺人早该变成咀嚼留声机里那个女人的天使了。我想说，连化学的命运都能对诗歌有剧烈的影响，出现在体积与死面之间的一个偶然，就像一个不一定漂亮的裸女。

意识形态上美丽物体的万有引力毫无用处。组成诗歌的是电脉冲和无序的前兆，被绝对零度传染的印记，也就是说，钟摆原理，也就是说，生物学的雾，也就是说，影响着对习俗的自豪感的偏见大量死亡。我所理解，没有比父亲更大的猜想。用 X 光得到的美丽数据表明在人类意识的理解范畴以外之物的至高地位，那是卖报人模样的一个小影，一瓣橘子的形状，每当想象力的阳光在收割麦子时搏动一下，它就出现，然后消失。

我写作是为了诺贝尔物理学奖，毕竟，原子精确的混乱与办公室里和谐的词语没多大差别。从数字上说，那些互相看进眼睛里并放弃其“我”的人有多少？我们别再做古怪的事了，没有哪面镜子是用于模仿的纯粹机制，而是追求唯一的可变热望的反映，也就是说，我逃出了拿一块骨头迫害我的监工之手，也就是说，康德常常倚那棵树正是莫扎特倚那棵，也就是说，用安魂曲换一场梦，也就是说，神秘主义者与情人的电动机导致了糖的溶解。

密涅瓦的猫头鹰

哲学总是来得太晚，黑格尔的苦痛这样说

哲学无论如何总是来得太晚，一个无可奈何的黑格尔面对一篇前言又这么说

在德国有效的东西，对卢戈省没那么必要

雾霭中惺忪的疆土，和环绕晨昏之都的古罗马城墙

卢戈的每个酒吧里，乡民都可以把密涅瓦的猫头鹰炖了 也能把精神现象学也炖了

由此知道 死亡是大自然的一种恶

就像反季节的冰雹霜冻

缺乏意义的强迫症 在动荡和平的时间里都让人抓狂

卢戈的城墙不比黑格尔的现象学更容易摧垮

这儿的人们喜欢喝一杯的时候探讨“绝对”，也不特别纠结“自我”的表述

自然和历史就在街尾，如果查水表的是赫拉克利特，那巴尔门德就是分发土地税缴纳表的邮差

卢戈的现代性无可争议

存在与虚无每天清晨下到菜地

给蔬菜浇水，收菜豆，给辣椒除虫

说起来，这么雄辩，简直是卢戈和周边省份的人担负的一种普遍的柏拉图式行为

系统性的硬化症蔓延到了维加-德巴尔卡塞的边界，顺着布尔比亚河直到别尔索自由镇：那里，关于现代性的争论倒还有观众

但是在别尔索，亚里士多德主义又是另一个东西
那儿不就着面包吃面包，也不吃现象学式的煮土豆
而有雅典娜那样的百科全书式精细
事物有它自己的事 如果我们想想黑格尔
像真正的了解本质之本质的人，我们会相比卢戈的邻居更同意德国
本质上，所有和谐之理论都要经过《逻辑学》的四个点和两卷

但是今天，问题在于能不能碰上个读过书的人
还有个更玻璃的问题 能让来康德竞技俱乐部的人向你扔石头

与暴君的普遍主义和极权主义的傲慢如此融合
毫无征兆地，他者被无情消灭
柏林那位也颓然倒下 年轻人们对着卢戈的城墙撒尿以示羞辱

卡巴拉

从芝诺学派发源而来是希伯来传统 联系两个事物
一个进来就存在 一个因触碰到它的目光变换位置
拿到一枚钱币等于接受了它的使用价值 同理 它收益的缺失
也应分摊 直到真实回到起点
已获得的知识没有过错 根据共同的预言 它在孤独的人类之
根开始处就会终结
根没入大地 半裸着 仿佛不可觉察事物存在中那些危险
给予我们的东西 带来对人类生日的记忆 我们通过森林里不
稳定的足迹谈论人的梦境
写作本身是缴纳税款 交给两难困境中猫头鹰的德拉克马 困
境守护谣言的轴心和人民的船舰
卡巴拉是原质的生命之树 其蔓延来自一颗坠落星星的重量
就像梨树和九月的曙光上留下的水的笔触
一切被相反地想象出来，以便能在每个需求的镜中阅读
有祝福 由名字直接而来 掌握了对度量的认识
被美和严肃经历过的天空之下没有新事
虚无冒出头来 显露在为泪水而生的眼睛 被冬天放逐的小鸟
赶到奶粉色的面包房去

多雨之年

下雨了 帽子说你好呀！

早上好！市政厅钟楼上对这场好雨说

再见啦！又对街上推独轮车的男人说

雨水有权从人行道飞跑而下

嘿！真是的！男人放弃了与风的斗争 一边收伞一边说

真可惜！惦念了这场雨一整夜的店主回答

你头上戴着什么呢？冬云雀问啄木鸟

我带着天空落下的好雨呀

下到坟里喂我父亲的雨水

哟喂！屋瓦向从世界各处回来的云朵说

冬青树提着一个红篮子出门旅行

雨有权作为雨 在它喜欢的地方尽情歌唱

除此之外，尚未结束的仍未结束 不曾完成就没完成

必将存在的也有它的权利

你好！不存在的时间说

命运说，一滴水绝不会两次落到同一块石头

再见，好好玩！星星向年迈的犹太人道别

对不可见之物保持虔诚，幸福将会长久

我累了 给村里孩子们画指甲的太阳说

这样我们都会重新成为一缕水

雨水有权落到天堂 落到人们心里小卫兵的房子上

嘿！排练着弗雷斯科巴尔迪的合唱队女孩们说

看呐！白色的山楂 野生的风信子 像火柴一样便宜！

没关系，沉默没有代价 而且有权进入各家

雨水悄悄打湿鸫鸟的窝 信会低声带来好消息

河流也有权说 咱们别太夸张！

再没有更多可讲

四边形

拳击手们回到出生的村镇
加利西亚拉林的马赛拉 或者葡萄牙的默斯特罗
一身大汗 为荣耀筋疲力尽
在短睡袍底下像自行车轮一样泄气

他们的头剃成河边石头的样子
就像堂古斯塔沃著名的燕子
和我非常喜欢的熏过头的挪威鲑鱼
迟早有一天拳击手们会回到家里

他们知道洗胶卷的时候 自己不会出现在照片上
头盖骨像一把桑葚被捏扁
心里烦乱 在山羊的小路上
母狼舔着妹妹的膝盖

拳击手们回到出生的地方
母牛肚子里睡着硬面包的刺猬
牲口棚 他们以前的女朋友跟别人拥抱在一起
像母猫一样叫 或者用一根火柴点燃火山

能有的就是：坐在桌边 把汤吹凉

他们摇晃不停就像狗吃了苹果消化不良
稻草人的追求者被扇得遍体鳞伤
舞者在村里的玉米地被糟蹋

我好心说的 不管叫安东·拉玛萨雷斯
或者法国木雕家让·菲利普·亚瑟·杜布菲
画滑稽可笑的人 褶皱的头 小鸡的心
让父母无言以对

拳击手们回到出生的村镇
我坦率地说 他们没什么神圣的
他们以从不亲吻画布的人相同的目的
跟房梁争论 静脉曲张 摔碗

从周一到周日 在嵌石板的小屋旁
死人为老鼠们烧板栗的地方
拳击手们在夜晚的太阳下训练表兄弟
那太阳在世界的另一个角落会沥干沼泽

拳击手们回到出生的窝
吹芦苇 像猫头鹰一样吹口哨 什么也不说
对丝绸长袜和农学工程师产生恶意
在真实之物的影子和虚假之物上吐痰

在被鼹鼠挖空的菜花菜地旁边

他们碰见女老师 没有衣袖的月亮 胸外

腐水的大桶 废铁氧化傻瓜

他们的蓝工装没有与小提琴琴弦相抗的对手

拳击手们羞愧地回到他们出生的村镇

他们对着厕所平坦的顶棚写下铭文

他们的墓穴比别人的要稍微宽一点

用星星和和植物来授勋

洛特雷阿蒙的推荐人选

坦白说，我觉得我们都半死不活

在电影院排队等待雪原的人

刚刚从股票交易所离开发动汽车的人

睡了好一会儿梦到自己还活着的人

瞧这墓志铭：“我不会掩饰，我曾经像一株橡树。”

参孙的脑袋在达丽拉的盘子里 德国酸菜围一圈

不管往哪里看，头头，示巴女王，菲利普二世

从玫瑰花的大腿上拔刺的人

诗歌没有一毫米的进展

相反，后退了 这恰恰要感谢

洛特雷阿蒙用心推荐的人：

我们时代那些蓬松的大脑袋

忧郁的莫希干人，穿裙子的男人

性格孤僻的社会主义者，诡异的幽灵

做酒梦的傻蛋

黑暗的教父，行过割礼的双性人

无与伦比的救济分配员，恶魔的俘虏

为了哭的自杀，为了笑的自杀

含泪的白鹤，咆哮的老虎

悲伤的绿色木棍，撒旦的模仿者

赶时髦却衣不蔽体的知识分子

和地狱丛林的河马

孤鸟赞

没做过的某件事：再稍稍忍耐些

他不常去带小门那座教堂

不坐船穿过疯子的法国音乐

不是火山的指挥

也不是一切不再重要的第二天

他在石“头”里听钢琴的针

不相信痛苦之纯粹

或小职员的无尽悲伤

他不把书当枕头

——是少数，也是多数

某颗星星该以他命名

黑莓丛里孤独的向日葵

他没做的某件事：闭嘴，活得再久些。

俱乐部

用有些人活着另一些人缺少激情而死的方式

用有些人为了跳波尔卡舞擦亮鞋子

另一些人熨好衣服降临旧邮票收藏的方式

有些人先做 有些人因为好奇后做

有些人故意告诉母亲 把风衣送到洗染坊

每一个日子都在被计述 似乎没什么真能永远

庸医们练习没有轮子着陆的运动

退休的人不安等待 像不可战胜的青少年

在听到冰雹掉下来之前 有些人捂住自己的眼睛，还有些人

你想看他们怎么寻找温柔

夜晚的水没有一样的流向，也不一样重

树被水流拖走，上帝重新出现在电视里 直抱怨

一半的天空支持你，而另一半的存在只剩下模糊的记忆

熨斗很烫 手指碰到 口水便沸腾

谢谢你来 一首首诗像苹果树样开出花来

独　白

其实 雕像就在公园里 被弄错那旁边

为防他们从一个花坛跑到另一个花坛 向恋人们问路

他们保证 明天会是新的一天 可也许激情永不再来

黄昏时的护士，海的餐桌摆好却无人陪伴的岛

其实，那已经是它们唯一的真相：想多久就多久的判决

在一切献祭中，秋叶是最好的吗哪

旁边，母亲为孩子拍下模糊的照片

上边 像发疯的玩具 蝙蝠飞过 猫也尿

灰的装扮 散发出假紫罗兰气息 一只鸦栖在肩头

其实 是生者的一勺石膏 水杯中的仙子

其实 是鸽子的尿盆 在死寂景物的橱窗里

等到一个人也不剩 下飞机等行李的人开始忘记 他们会感到
　害怕

到这份上再想这些铜疙瘩已经没有意义

从远处看，所有雕像看来都像刚到世上的神甫

随便哪个浑人都能一锤打掉他的鼻子

你别用这个腔调对我，想想那些星体和诗人还交谈的时候

哈辛托·贝纳文特、皮奥·巴罗哈和堂波利卡波·埃雷罗，
　这个城镇的捐助者

被金属印刷版压扁的难忘蜻蜓三人组

黄昏已死 靠着雕像 小情人淡定地互相欺骗

我什么时候能醒？铭文问绝对的寂静

每个春天 市旗一次又一次让他们头大

意义之地

有些人画天使 像雪花从一个奇异的世界落下

有些人涂鸦 画的什么 垂下真的装饰品 像丝绣的鱼 说话辨不清真假

忧郁有害 像癣像转基因玉米像把房子震倒的咳嗽

风卷起我们看不到的谦逊 吹向意义贫瘠的大地

意义贫瘠的大地 寒气逼人 女孩们应邀去正常的想法 突然脸红

未来的六边形里 蜜蜂睁开眼睛 像鸟儿一样飞

白兰地在草上放一颗黑色的蛋 不满的声音寻找可命名之物

在被全然抹去前 太阳再看了一眼山羊和螃蟹

此后再没有一个人 母亲们伸手摸摸发烧的额头 自杀者回到床上

楼上的老鼠窸窸窣窣 像新娘们穿着凉鞋

星星害羞闪亮不如以往 那是哲学家们在海上的烟吧

可能的事：文字的灰烬像雪花从一个陌生的世界落下

阿莱夫

来，我们看看这个。见证者的权威说我爱你；黄昏的诗走进慰藉的家，每个人都在那儿重拾思想的缘起。有了他，可以阐释恐怖的回忆和星辰的真理。见证者的权威是苦痛折磨。刑具无尽的忧郁，上面，本杰明用粉笔记下已经被抹去的想法。没有面孔的法律。词语，其中情节不过是受害者的沉默。来，我们看这个。冷漠是另一种羞辱。另一道裂缝，在哀悼一段段插曲的知识讲坛。随着美洲的发现，某些精美的手艺消失。剩下的进来，为了不回到奥斯维辛。当伤逝的人来到没有他们自我的地方，感觉不再有意义。真相是悲观的。暴力无可指摘地等待被执行。第一。第二。第三，所有的军事战略家都是潜在的职业杀手。越早放弃德国的霸权概念，我们会越早回归承诺的消失。没有过去的年份依旧滚动，如农妇的指环滚向周六的犹太人手指。你不会在灾难过后再努力舔电影院的小勺子。色彩舒适的哲学。见证者的故事，顾客蜷在沙发椅里尝着爆米花。野蛮。灰烬。烟在每个周末关于幸福的问题上变成烟。来，我们看看这个。想象的民事责任。我手边有 1940 年巴塞罗那铁砧社出版的一本济慈小书。那一天走了，所有的甜蜜也走了！每一个无辜者都有权利说：忘却这些苦难决不允许。

夜晚的光

这地方叫“再会”，它有着
空白处的耐心不可磨灭的颤抖。
用戴戒指的手指
写字的手从药盒里拾起需求
放进嘴里，敞开的窗户后面的黑暗。
这是被痛苦赐福过的空白，在折磨和怜悯下
秘密栖身的整片空白。
五毫克因石楠而消瘦的山坡
或是来看石楠的金发女人
拥抱它幻想中的美貌骗局。
它安然处在空白的蛛网，没有新事，
一切照旧，一场胜利，另一场悲剧的树脂。
它记录金盏花的冷漠
和找到另一场爱恋的兵法，别人看不到的
它可能也瞧不见，它留在原地，
就算它只需别跑向
其他词汇的果实。它想象它所知道的，
假如作品不再继续，它该如何回到乱象的实体。
缺少信念的人，也在那里抛弃了情绪，
他在常听见的声音里听出了轰响——这个词语
用来形容寂静图书馆时很不恰确。

最终这个地方得名“再会山丘”，

这里的椋鸟和云雾都不愿为此称谢。

一场梦留下，而另一场不在，拆散的暖气片

像是酒吧打烊时的美国诗人。

奥菲欧，你热切地在你的花园里安歇，你在遥远处熄灭，

仿佛眼看飞机经过时的童真思绪，

而塞萨尔·莫罗乘坐那飞机去往世界的废墟。

园丁的废除

从一座岛到另一座，被信仰抛弃的人
沿着一束黄色的光在水面行走

他们不是惠特曼，却相信惠特曼的怜悯
经月亮证明的二十五瓦的轻柔

他们在头脑的黑色水塘里倾听未定的物质
雾气的教堂合唱团，诞生《亡灵书》的山谷

他们是乌有的山峰上被钉十字架的园丁
里尔克的玫瑰再也不会为了他们把嘴唇涂红

他们像盲童一样摩挲潮湿墙壁的苔藓
由此便知他们的胡须不会长成圣经里的先知那般

他们毫不责怪那厌弃细小事物的神明，也不责怪他穿不透的
冰层，不责怪为公共电话亭破碎的心而设的桶

我们要假设他们最终被取代，我们要假设
庞德的聚会常客不曾存在，小学老师的音节表不曾存在

他们飞越种花工人的国度，他们在人间民主的水沟里生锈

古老苍蝇的法医前来拜访

他们给蜜蜂武装，给朝圣者剃须，把暴君赶走

当他们进入被兰花和基路伯再度占领的城市

他们带着极度的暴怒在创世记的炸鱼铺里独自进餐

古时的美丽，墨洛温王朝已逝怀恋的博物馆

他们没有拔除文学垃圾场的任何真相

他们在自行车座上载着思想受阻的阿波利奈尔

他们没在痛苦离别的那个清晨把火车拦下

可他们昂起的头颅将佩戴金色的纽扣进入死亡

神曲中的梣树叶

这片树叶曾是死亡之死亡，今日它承担着真相
真相就是我们为了存活而用脱离沟壑的言语
带在胸前的这个纸箱
会有人记起雪，就像记起在沉思者中央墓园
遮掩美人羞怯的和服
大自然不惧怕我们，在它恢复期的韶华
触不可及的希伯来语和维吉尔的月亮都觉安全
这片叶子本可以是一扇门，通往“不可懂”之树
另一个痕迹，每晚都在空气周围见证
关于比我们高级之物的幻觉。我不知有什么
会比我们更高级，除了这纸箱，装着通往
梦想的道路和通往别个夜晚的严肃钥匙，因它有所思考
这片叶子被静静剪下，夹在书中
不罹痛苦，不被骑兵践踏，也不患疾病
它的访客是日益苍白直至消失的手
时间一段一段过去，它被借走，被归还，被奥维德观赏
被歌德的儿子流放。它的父亲信天主教，
它的母亲信犹太教，它身处地狱，醉在
那佛罗伦萨人的酒馆里，它比意大利人的时代存活更久
它本可以选择另一面镜子，为了溶在
明晨它必死的命运里，赋予它的也许曾被献给想象

在雌兔的巢中存身，忍受等待的滋味

同时，雪落在橙树上，落在医院的冰箱上

灵魂很少因解释它自己的奇迹而失去时间

太阳走下台阶，要在地球上租一间房

但这片曾是死亡之死亡的叶子，如今成了哲学的

凌乱，圣保罗和波伏娃的本质在其中镌刻不消的

拉丁文本，磨光石碑的同一阵风

带着拔下叶子、卷走上帝的虚无的同种慎重

真相是我们某天抱在胸前的这个纸箱

用一些字母，一些数字，一些争斗

经年累月，一言不发，与沉默过于同流合污

它被“永恒”久久悬挂在雅各头上

它的最后一春、最后一冬也许都已被遗忘

写着“你要记住”的那一页上，它刚刚从确信的梣树落下

在清洁工的时辰前，在妓女的篝火前

已经不再感叹，但尽管如此：啊，蓝色的夜；啊，悲伤

诗人该隐

概言之：被睡着的人拒绝的梦闯入夜晚的无眠
它清醒的音乐如孔雀一般走进应许的单元
毫无意义、养育战争领航员的无主的紫罗兰
没有疑虑、写诗的丑面人
干渴的王冠，它捆住了传达未出现的幸福的使者
戴菊鸟的习俗，如姘妇的芭蕾
是谁对我们喊“别再往前走”？难道是倾向于该隐、也认为自己继承了云的那些人嫉妒的嘴巴？
疯狂像是苍蝇，用“操”来回应羞怯
对于碎片的神，没有别的东西在天空之下
年轻女人与埃及人发明物上床的旅店
被统治者继承人掠夺、为蜣螂而建的坟墓
你无法从不可挽回的事物里取得什么，把你的心保存在日落时
绿色眼睛的不育树木之中，没有人会受到星星的指引
可你会被爱着，当女人在午夜开始歌唱时
当落在森林肩膀上的东西弄洒它的牛奶瓶时
给岛上流浪狗的一件礼物，给女摄像师的一束黄色光线
我多次读到过：诗歌终会报复诗人

夜　村

我无法证实我所说的，但我的言语释放了赞美
屋檐下面一个炎热的所在，新郎新娘在那里
等着一声口令，和乐队的到来

在完善赞词时，该有某种品德
一群飞行员和鸟类张开臂膀
在屠夫打盹的温室之上

出于仁爱，孤寂者在那儿玩弄孤寂者
众神之父笑着穿过庭院
巢穴里满是新鲜面包（也许吧）

无论远近，尘埃的教堂
都是炎热的地方，“可能”和“绝对”在其中接触
从每一匹低头的马身上，不知何时就掉落一个宝藏

缺席者的赞颂里，该有某种品德
他们不会把孩子的生命奉送给哪个冬天
他们一边在夜晚的茶里加糖，一边走过一块块土地

那里，头脑如水手的十字架般生锈

那堆破布——蝙蝠在其下争斗——
是母亲们摊开的一张洁净的野餐垫

香烟，也许还有蜜蜂，是仅有的英雄
在桉树林里，蛛网的美好回忆把为需要奇迹的人而铺的
条条小径的运气当香烟抽

我无法证实我所说的，但我的言辞确为称颂
疲惫不堪的人像是赞美诗作者沼泽中的石子
听小骨的谜语，猎狗用它来游戏

护士们用爱和法兰绒遮住周年纪念日的王冠
会有一天，离去的人们将来临，并把他们的靴子擦净，
雪上的一条带子充分地提示危险

在被视为赞美的一切里，该有某种品德
有了它，在熨好的衬衫和黄色的星星之下
唯独你——夜晚和失败——存留至今，仿佛仅存的祖国

所有满是字的书

所有满是字的书

和所有满是日子的日历

所有满是泪的眼睛

所有海的脑袋 满是云

所有满是头冠 + 绊脚的沙漏

所有满是磨平的长颈鹿的受勋胸口

所有满是夏天和海螺的手

满是一串串解释的房间

满是晾干裤子的妓院椅子

所有满是观众的空洞

满是触电身亡者的床

满是灵魂和恐惧的动物

所有满是狂躁叫喊的锯木厂的树

满是证言的法院

满是启瓶器的梦

满是女孩的星星

和所有满是字的书

和所有满是日子的日历

和所有满是泪的眼睛

所有鱼缸所有课桌所有亲密的晚饭

所有充满不可置疑的建筑的论证

满是苍蝇和菊花的整个春天

满的所有教堂所有袜子所有理发店

满是荣光的女人

同样满是荣光的男人

所有满是天使的流浪狗车

满是门的钥匙

满是老鼠的杂货铺

所有满是清洁工的画

满是化肥的祖国的扫帚

满是 X 光和深层动机的头脑

所有满是光的次级电站

满是爱 所有疯人院

满是救生圈 所有墓

冥湖通道

好吧，也许文艺复兴并非真事
也许美第奇家族抛向全球叛乱的施舍
恰在摩西时代让大理石的落雪不曾终止

也许没有列侬也能活，甚至也许耶稣基督从未存在过
风在超越爱情分毫的地方无所事事，但将荣耀带给某些人
他们掩身在当时最隐秘的距离中

站着，尿向汪洋里的巨石和不确定
把自己的想象借给其他人——出借者里至少有一个
在探究希腊人没有发明出来的已毁之美的细节

也许没人前去证实美丽与幸福
回忆的害兽寄身在终将死去的地方
在那里，也许本源的声音是调和寂寞与寒冷的一阵沉寂

也许帕提尼尔那佛兰德艺术中悦人的蓝色亦非真实
它们在边远的营地里，在波提切利画的王冠上
而植物园的绣花女正听着《哥德堡变奏曲》

我懒得费他们脑筋了 说什么《尼伯龙根的指环》

比欧洲的屠戮早了七百年
最后好事之徒递来帽子　残杀时代结束

烤箱不烤小面包　也许文艺复兴也不是真事
威廉·理查德·瓦格纳的泡沫浮岩正在陶瓷上刻画
杰出的歌手继续进行死亡的排演

火车站

在车站的酒馆，我等着火车，它属于并不出行的人，
等着智慧那娴熟的延误。
后悔的人现在成了教育的使者，
其他都无足轻重。一片独特的天空写信给睡着的人，
整整一生，从人消失于地球算起，
等于一年的时间。这想法不属于我，而属于衡量的人——
罗伯特·托马斯，德日进的编辑，中国地质局的
顾问。如果你已让死亡的冗余
哭泣，那你就不要写。你所称为“艺术”的
是不拒他人影响者的快乐。里斯本面对着
纽约，一条凭着飞鸟教给它的自学的恒心
划过莎士比亚第十五首十四行诗的线。
你知道夜晚的含义，你把它描述为
倚在海洋肩头的星体的虚空。
你尝过那种幸福——凝视一个东西
移动得像被他人的手带离世界的火炬。
在车站的酒馆后，在奥地利的木檐下，
恋人们的影子消溶在雨里。
我仅是个见证人，垃圾桶和树或许也可见证，
继续谈话的唯一途径是不回应你。

不完美的爱

她受着苦，身旁的男人也受着苦
两人都因痛苦而迷茫
他们对称裸着，颤抖着吃下
痛苦的休止 心的外壳
冰王国向堕落的人敞开门
他们在治疗时互相望着 没有好转
却有分歧的产婆
在两个半球的公园里花瓣如旗帜
粗略一看，就被想象斩首
意外地，他们互相忍受
背向幸福的自然史
他们在眼睑下注射夜晚 梦境
时常会有幻象的否认
为什么默不作声是在生活的另一边
他们用爱情的旧机器尽力做到一切
他们去超市 买烧焦的玫瑰
然后回到被氨水淹没的房子
活在世上之前，没人懂他们的心
他们向来不该离开深渊
他们本身世代为深渊的硬币
被召唤在嗥叫声的翅膀前的压抑的鸟

敌方的低头的顾客 他们承受着秘密
在洗碗机左边的不可能当中
书架啄食骰子的爱欲
用以铺完通向巫术之路的表意符号
东方电影爱好者 他们的煤油灯
嫁接在情节结束的樱桃树上
砍伐心灵的利刃边缘
他们不会有片刻时间停止受苦
只要野兽与缺憾的协议有效

墓中无我

这里长眠着那个一向与“持久”二字格格不入的人
数字的悲观者和他作为瓷器帝王的严苛法律
这里长眠着登上地底墓穴里火焰之梯的疯女王的轻风
省里小城的花园，拳击手们在那里侥幸出生
他们沉睡的动情模具里，常规留下的印记在这里长眠
如床温里的赤身瞎子一般的错乱者
那些不记得它的刺、把荣耀的鲸鱼上下翻转的人
这里长眠着穿休闲衫的士兵、妓女的冷漠
这里长眠着父亲——吞噬衣袋和勋章的人
长眠着兄弟——他睡的房间挨着停满汽车的前院
在这拳击场（你若想要四边形的就叫它）鸟在叶子花丛中
　撒尿
可能竖起汗毛、涂了嘴唇、束好裙子
长眠着为阿丰索・泰奥菲洛・布朗在瓶中放一枝玫瑰的让・
　谷克多
铰链的音乐在耳中与咖啡店的小勺争吵
曾许下终生诺言的人在瞬息之间互道再会
谁知晓，有多少生着狗头和马蹄之物被逐出天界
像戴胜鸟喙上挂着的蓝莓一样长眠在泥潭里
也许我的妻子和另外一人开着篷车漫游蓝色海岸
梦像银行劫匪一样变凉，长眠在人行道上

只有猫爱着日历和八月里发白的豌豆

给加利利的苹果带来芳香的方言落在田地和茅舍上

在厌弃伊萨基岛的人的棚屋里，荷马换着灯泡

土豆腐烂，蜗牛腐烂，枇杷腐烂

这里长眠着属于修女和抵抗团伙的乐手的园丁

从没找过律师却与害兽的牧人签订协约的神甫

就像巴西画家在委拉斯凯兹画作里寻找自己失踪物件

就像塞内加尔儿童在悬崖边缘推着装手帕的小车

就像外国人到港口时被奴隶制度的雕像再度鼓舞

因恶毒的法律而地位尊贵的俄罗斯诗人，有三分之四长眠在
　这里

事物被消耗，就像装除臭剂的罐子和三轮车的车胎

中世纪的歌谣互相摩擦，像是不会哭的人的鞋底

而乌鸦继续玩着把戏，榛子落在你脚边

而风谈及高利贷，皮瓦陪洛尔迦去看牙医

马利亚万福，你在公路边的每家俱乐部里与大天使饮酒

老诗人偷窃涡轮上的铜和雨槽的金属板

城市陷入黑暗，水在墙上流过，像一层油脂帘幕

我们要恢复得和二十岁时一模一样

我梦见坟墓里满是花束和白色雌马

我梦见战争已然结束，动物回返，耳上挂着花环

车站站长举起了小旗，火车头消除声声道别

别忘了我爱你，别忘了佩莱拉储存梨子的阁楼

今早一醒来，我的心就已经乘船启程

弥尔顿眼中萌生的正是这笼罩石碑的雾气

忘　川

怯懦的人安息在怯懦的土里，免遭自己的伤害

吸烟者的毒害将法学家的悬崖熏上气味

惊异的美沉入甲醛，低声埋怨

争端里的先导和后续没有分别

一动不动的猫头鹰装饰在巫术的漆面上

磨刀石绕着世界打转，宛如无家的人

奥托里诺·雷斯庇基在罗马的松树下指挥风的根系

仰面飘在马克天空上的母牛逃离屠户

波斯的情人们走进黎明的作品全集

狂热驱使我定期聆听希尔达·蒂安达的《海涅颂歌》

母鸡在爪子上做机关，给愚昧者变戏法

震人的哀歌在包裹印刷工的小屋里排队等候出场

生活双手揣兜，在冥府忘川边踱步

善的健康

按照物理学家的指示，时间倒退着走过一条条路
你们别问一个想法朝着被俘的时间走去几次
在等待缺席者的地方，你们也别问那里熔化灯泡下面的钟能
　不能走
当陨石尘让指甲下面安静的微小乌龟激动起来
有种秘密语言在桌布上铺展蚂蚁的速记法
农业工程师令灾害的旋转木马反向转动
第一次时女孩喊着黄色，像谦卑圣人一样痛苦的黄色
收容所脱线的铃敲响后，还有一些没睡
几何的饿犬毫不犹豫地向风琴答道："我！"
处处都有填满方格纸的办公室
装着烟头和起烟的家用步枪的箱子，应该打开给观众看
这样就能让制度的大理石炸成千个碎片
现实不取决于装满证据的文件夹
我所在的地方，受黎明的至福指派的虫子在颤抖
洁净的人，就像在最当中的心的扶手闪着的光
在温室的躺椅上，情侣们读着陀思妥耶夫斯基
抽搐者的黑珍珠这时在丢失的头脑里旋转
直到掉入被人热切忘却的构成主义者的桶
海鸥摩挲海洋，性早就被绑在它们腿上
间歇精准，全无考虑，这是恋爱的人干的

是恋爱的人和他们椋鸟疯眼的孤苦酒馆

南方的事、北极的事、阿基坦公爵领地的事都是这样

雨水成灾，直到对春天的信任成为可能

囚在爱情里的人滚下奇异的悬崖

没剩下谁来告诉幸存者：夜晚很值得

动物园里，鸡蛋壳把铅线和灾难传染给孩子

生活在电影院吐出一口烟

论述家的颧骨在电影院储存心理分析理论

诗人的日子开始了，夜莺独自去往西伯利亚的日子开始了

无用者的傲慢用眼神招致雁群

商店百叶窗后，空虚在其中给嘴巴降温的头脑失去了气息

梦进入月食，像是睡在硬纸板下的苍白乞丐

我的爱预见到一群不知是谁的古旧眼睛屈从于仇恨

涂痕的空店铺，我们中的任何人，去找麻风病成熟的卧室里
　的持续声响

最后的女占卜师被驯养在蓝色火焰里

最后的彗星打开月球间歇泉的香槟

最后的椅子清空了人们的啜泣

在熨烫胸前衣领的板子上浆洗云彩没有用处

欲望出现了又消失，它商船的汽笛在雾里嗅闻

治愈我们，只需淌在情色上的一升话语

等候大厅

客人没到，拿着餐巾纸的小伙子没到
葛丽泰·嘉宝没带着吃鱼的小刀到来
液态的花没到 冰凉的手没到 猫的眼睑没到
手指的微笑没到鞋尖
拥有国王头脑的孩子没到凶手的洗礼
燕子没到中餐馆的灯笼上
公牛的眼睛没到 荨麻丛的青蛙没到 蜜月没到
女理发师没到 柏树的审查没到 风的柜子没到
女舞者没到 鸟的腿没到 屋檐没到 夜晚的车站没到
绝妙的姑娘没到八十岁
灾难性的科学没到 抽象诗没到
1702 年的彗星没到启示录的蛛网
海洋没到 卷发没到 清晰的认知没到聋哑人
手术刀森林没到沾上粉笔灰的红色长外套
嘴巴没到 夜晚没到 女打字员的金发租客没到
去集市的人耽误了 怀表的数字耽误了 不忠的马匹耽误了
电车没到 自恋者的拐杖没到 农民的颤音没到
贝赫曼技术公司没到 可伸出马尾辫的帽子没到 按键的茅屋
　　没到
黎明没到 苇塘的歌厅没到 这让人恼怒
加糖的云没到天空左轮枪的醉酒的鸽房

乐手魏尔伦没到 阴谋没到 马口铁的船没到

个人的姐妹没到 空白的采石场没到 轻风没到

能打开小窗的锁匠没到荷马的小风琴

气候的左边没到 右手没到傻子的车辆

即使看起来不寻常，但极有可能连警察都没到

护林员没到 熊的烟头没到 口渴的紫罗兰没到

黑血的锤子没到 苍蝇没到

世界耽搁着没来收取报酬

天空帝国

古老的钱币藏在雷霆里，抗议

显然：颅骨的女侍者在抗议，顾客在购物

它们无声地来回游荡，游荡到庆典的蒸馏厂，一场灾难

推搡着从妓院出来，陷入恋爱的女人如油脂一般

在死人的口袋里起舞，暴君议会前的门卫

浑身姜汁的女王们那样做，我想，真是好品位

它们被装进陶罐，如同导盲犬，迷惘而恶毒地叫唤

树丛里，乐师踩到细小的钱币，它们屏住呼吸

对犹豫的奶娘说：让被抛弃者的痛苦别再纠缠我

它们在指缝间滑动，破坏年轻女士烫好的卷发

世间的点缀，在黄金里铸造的丧钟

都是毁灭，音乐盒——女孩子在里面等待

它们拄着被梦的权力劈开的拐杖去付钱

漂漂亮亮地去码头找军人和可怜的女人

渴求着从未拥有的东西，这愿望摧毁了犄角

银矿，纱布掩埋下的许多眼睛

它们共同用来买奴隶，被饲养在乡村里

在迷信思想的歌剧院里和民主恋爱，一种品位

还不认识它们，夏天买下了它亲善的饰物

给粗野的樱桃树，那古老的钱币——车夫的朋友

为了不信巴黎洗衣池里驼背小丑的诽谤

林中母狼

事情很简单，奇迹消失后，你来到伤疤
放弃的成分排列出形状
一匹应属于上帝的马，一片虚假的潮湿
像是神谕那蜡制的声响，是我们不懂的简单噪音
代数胜过它，迷醉的残渣里，密友的麻风病更胜一筹
人们已知亡者之间有怎样的不悦，怎样的谣言
丝毫没有在知识里落脚的希望，几乎
没有空间容纳数学不真实的奇事
不再类似诗歌的一切，它的音素
我想，道路为假，有缺憾的歌曲
和所谓音乐都只是你这陷阱
不清醒的人谦卑地亲吻着水，我不会是
宣布你到来的那人，背对镜子的盐盒

塑造卡戎

溢满赞美的杯子：斯芬克斯市政厅里的泥脸
背对着上帝，尸首的影子为一块钱争吵
航船回程，载着渴求秘密的家庭的实质
领带吃掉钢琴，神秘的眼神进入廉价商店
倾听曙光的颤抖丛林时，没人总是一丝不挂
世界伸展腿脚，直至触到活盐的巢穴
阳光下唯有古怪时间的魔法
用古怪时间的云画成的石头
在秋日的悬崖上推推挤挤的悲观句子
装满古怪时间的千年水的矫正用具店
沉默是一只触不到的动物，它在深陷的眼睛后把瞬息养育
两条街以外，颌部变凉，艺术的风俗柔软
好似在嘴的工坊里期许癫狂的傲慢硬币
“无限”散发着光辉经过，它的滑稽乐队在风中生锈
新兵前行在无名星星的粗野装饰下
平庸的花开在夜晚王权的冬日节庆上
近旁青春的界限离爱情的厅堂不远
磁性的霜挨着池塘，正如情人说的“别忘了我”挨着原野
坚硬的翠玉，如同醉在金链里的母狗
俄罗斯姑娘的电动车斩断的想法
乐手的屁股上，马鬃继续生长

老工人在卸车，车上载满用在床上的羊毛

晴空和马戏团号角之间，是死在周边的人

溢满赞美的杯子：沉默是一只触不到的动物，它活在雪下

犹太流苏

失落之地的探索者回归法令的违反

异象的经文里，悔意的预言家

向池里注水，供给把渴感甩在身后的人

每个男人都在衣服的四角挂上流苏

有人观察他所愿见到的，就成了戒律的间谍

当早晨为了下雪天阴而起身，当美貌灼热用以卷发的镊子

行动就是白色的

人们清点核桃，想让它们整年不坏

孩子要让他的喊声宣告火流星是否接近

任何诞生都非永恒，万物始于它们不被理解的瞬间

可能用一生时间来褪去外壳

保持沉默，等候一次私人出席

直到“等待”与愿意相爱的人做出同样的决定

双手张开，天的丝缕世世代代被编成长辫

眼神里带有与房上闪电相仿的回忆

在风中纵火，仿佛要照亮被盗的空洞

打开虚假的黑暗，让眼睑从屠杀中返回

为了让你们不忘，为了让你们不忘，为了让你们不忘

为了让你们不忘邪恶的缔造者在南边，在西边

在遭抢劫的女人旁边和对面，在墙东，有“唯一”

不可诽谤死去动物

你们看，它的牙齿多白！满足需求的人说道

嘴巴向生者解释那一切，每只眼睛都看尽千载岁月

使徒墓

这不是从天而降的智慧，

而是在自己鲜血中受洗的人的土地，

据《使徒行传》记载，这些人被强行带离活人的时间：

雅各·西庇太，使徒约翰的兄弟，

约 44 年被希律·阿基帕所杀；

皮拉尔·马丁内斯，未婚，三十一岁，裁缝，卢欧市居民；

爱德华多·布恩戴，面包师，

他的遗体发现于名叫“黎明城”的地方；

赫苏斯·雷盖罗·布埃诺，

制鞋工会主席。

那段日子里，仿佛被带往屠场的羊，

仿佛剪毛工面前喑哑的羊，

胡安·赫苏斯·冈萨雷斯·费尔南德斯，四十岁，诗人，

生于昆提斯，加利西亚社会主义联盟创始人；

胡里奥·席尔瓦，理发匠；马克西米诺·马丁内斯，铁路
　工人；

名叫胡安·瓦莱拉的托尔多拉少年，16 岁，

他们死于穿孔引发的腹膜炎，

死于火器导致的内出血，

死于脑组织破损。

无疑，那不是从天而降的智慧

落到眼见耶稣显露圣容之人身上，
大卫·马里尼奥，先知以利亚，短工；保利诺，打字员；
安赫尔·达佩纳·罗萨多，鳏夫，66 岁；
何塞·佩雷斯，马口铁制造工；艾米莉亚·蒙戴罗，服务员，48 岁。
博爱工会的拉蒙，摄影师维森特，
赫苏斯，罗德里格；曼努埃尔·德尔·里奥，泥瓦匠，活计师傅，理发匠；
三十二岁的阿马多尔和二十七岁的玛丽亚·卡斯特罗，均为单身，
在圣地亚哥·孔波斯特拉军事法庭的裁决下被处死，
那是三六年的七月。那时，加利利的渔夫、莎乐美的长子
被耶稣称作“雷霆之子”的圣雅各说：“你们可以捆住我的双手，
却缚不住我的祝福和舌头。”

巴尔蒂斯

没法把自己和夜的丈夫关在一起
当消遣的音乐离开巴尔蒂斯的故事
而护士耸着肩膀
我艰难地感受羞愧：
把手放在建议上
它公义的威胁成了我的伙伴
受爱戴的人是不应重复的教训
祭司是床架和盐医的继承人，他们认为
野猪的胚胎自由演化
遵循铁匠的困厄描绘的蓝图
和海燕失去光芒的大脑
幸福是第二天：
载着驯兽师的车等在门口
我高贵的爱正与那开始入眠的交谈

在那些快要入睡的里，有镜子的气息：
一个处于青春期的人，也叫做“青少年”，
又可称为“能结婚的”、“年轻人”、“小伙子”
他患了疟疾，把蓝宝石尿在巴尔蒂斯的画上
在画里，吹嘘的人在童年下面抽回双脚
来取悦坎坷的专业人士

我高贵的爱正与那开始入眠的交谈

假设巴尔蒂斯画中的并不是他独有的风景
而是山状的膝盖，资产阶级小动物向它靠近
巴尔蒂斯夫人，名为出田节子，在别墅边游荡的登山者围
　着她
不要牛奶碟子的猫，为了去舔她的樱桃
而编造的任何借口
都要被视为屠宰白鼬的人的诡计
他要抵达超现实主义民众大衣的舞蹈

从言语中能得出两种假设
一种假设有关日本栀子花
而另一种涉及被莫扎特音乐消除的静寂
但两者都不比蓝眼螃蟹走得更远
我高贵的爱正与那开始入眠的交谈

每个幻象里，疲惫者的含糊都威胁到
朝向博物馆狂欢节的生活
莎朗·斯通和菲利普·德·罗斯柴尔德男爵这类人
在龙胆草织的地毯上，与带红项圈的狗嬉戏
穿戴一丝不苟的男人走进贾科梅蒂的家
带着一块白板，熟悉裹尸布的小妇人
眼睛睁得像药用的和服
她们翘着腿，应该是为了祈祷

我高贵的爱正与那开始入眠的交谈

人们一无所知，也最好别知道生命得延续多久

金色的心成对走上台阶

女爵们用蛋黄酱给长枪上膛，和断头台对抗

我高贵的爱正与那开始入眠的交谈

蜣　螂

你从战败将士谷带回纪念品，瓷制的
蜣螂，制作于胡夫金字塔完工四千年后
它当然知道，自己是个迷路的动物
平静、专注地照料酗酒地恋人
它会把给庞德贡献愚蠢春天的每一口食物
都嚼上四十遍——倘若它可以
它的志愿不是照顾那束女英雄
她们没有救生圈，被格特鲁德·斯泰因扔进黑暗的池塘
它是热地种的蜣螂
在古时粗糙地模仿克里奥佩特拉的眼睛
它停留在保罗·鲍尔斯房前的柜子上
等候着夜莺和沙漠玫瑰的互相渴望
它只会要一杯“cha”而不是“茶”，蜣螂读不出重音
它们想要一张用以安眠的嘴，得到的却是其他一切
然后迎来一个国度，那是微观世界爱情的固有地带：
某天晚上收拾行李出海的两位严肃的女士
她们在未读过的羊皮卷上学到了太多东西
与珍贵和狂热有关的安静幻想
一个叫简，一个叫杜嘉娜，自认相互爱恋，因此确实相爱过
从十九岁起，直到变成埃及蜣螂
在家里产生母女矛盾后，她们去看牙医

去摩洛哥旅行，给芭蕾和电影配乐谱曲

她们改换了性别，现在一个叫克里斯托弗，另一个叫约瑟夫，他们如皇帝盗走的方尖碑那般高大

他们写作，就像朝自传扔去一把刀

为防止更大的恶，他们背叛了德国籍的祖辈

连死亡也不能让他们离开

闪电是独有的可能，他们继承了黑夜

第一页

1942 到一九四五年间《先驱论坛报》
每周刊载一篇文章 体系化地
以“略”一词开头，略忧虑于
国际形势和躲在下水道的
干瘦女人，略震慑于
军事操纵是否显示道德败坏
的事件，略不安于航拍照片
的预兆、纳粹抢走的
哥特绘画藏品、化肥工业，
略惊愕于共产的顽强
本已被粉碎在每个有人
空着手的地方，略困扰于有人说起
近来对犹太人的处理，要不要试试朝你后颈
来一枪，因为你与十二世纪的脆弱
有同样的姓氏。被不真实的言语侵蚀的桌子，
你的心说：我是爱，是扔在走廊的衬衫，是
舔着指令工厂的粗糙猫舌头，
略倾向于认为一切都只是时间问题，
天主教会有对改动处注释
的权威，不用牙膏的吉卜赛人，
略烦恼于错误，略信

至少下不为例，

人道主义者跟银行家

继续略有交往的谨慎，口袋里的拳头

略握紧，被夜班守卫略作监视

在一九四 2 和一九 45 年间

费德里科·加西亚

在四十年代的百老汇，对萨尔瓦多·达利来说一切都在走下坡路，虽然《做针线活的安娜奶奶肖像》已经改变了不止一个保险推销员的人生。没必要解释细节，至少暂时还不用。龙虾和它死去的兄弟通电话。宗教问题十分迫切，而在印刷之鳞——波德莱尔这样称呼金钱——的另一侧，甩卖的画作里满是疑问。像今天一样，沉思者攥裂钢碗，而智力不会伤害任何人。在四十年代的百老汇，对肺的制造商来说一切都在走下坡路。菲利普莫里斯公司和雷诺烟草公司令汽车旅馆烟雾缭绕，而糟糕透顶的情人们送给妻子成套的彩蛋，好哄她们开心。像今天一样，诗歌是一把扳手，一位向肿着眼睛在高速公路边缘游荡的人们投去关注的公仆。在四十年代的百老汇，对路易斯·布努埃尔来说一切都在走下坡路。他喜爱各类癫狂，喜爱歌剧和油浸鲱鱼，而最喜欢的莫过于老鼠。不再细说。刚被他们在头上踢了一脚的年轻人坐在床边，摇摇晃晃。他仍和昨日里一样，年轻过分，却又年长到足以写出一本诗集。他没上报纸，他叫费德里科，费德里科·加西亚，他坐一辆轮椅回家。

第十二首诗

对游客来说 奥利维里奥·希隆多算什么

他们满世界走 无所谓诗歌

照凡尔赛的镜子 在拿破仑墓

先知先觉 向往德尔斐神谕

上方三万六千英尺 面对米开朗基罗的大卫

和伊瓜苏瀑布 可能性是一样的

偶然 他们在马丘比丘爱抚

在罗马许愿池接吻 参观公墓

跟随便一个活体自拍 通常是大人物

他们把自己拧成埃菲尔铁塔的螺丝 去动物园 扔花生给

大大的忧伤。

大象墓地

你弄丢了妈妈 1956 年 9 月送你的小金象
还有满 19 岁时我送你的青金石大象
丢一头象就是跟迷信建立某种关联
举枪自杀那个下午 比奥莱塔·帕拉也在
民歌新唱的帐篷屋 木屑中间 丢了她的象
多年以后 狠狠踩某诺奖诗人的花园的时候
她哥哥 尼卡诺尔 才给找回来。
或早或晚，幸福会错过主人。

联赛末轮

夜晚说：有什么把我抛弃了，我又一次变得虚弱。
有个在梦的情节里改变主意的人，
两次把流星出售给伽倪墨德斯的不同客人，
给鞋子上油，为租猎枪而早起。
鹿特丹地图上有一条河，形状像你手掌的纹路，
使用意义的人被缚在河上，
像被绑在鳗鱼的钓线上。有人说“你来”，另一些说“你滚”。
人们跨越忏悔的省份，
犹如穿过联赛末轮的足球场。
心理分析师抛弃的所有仇恨都对你发出嘘声，
守门员穿着婚纱，嘴里塞满草。
你脱光衣服吧，生育力旺盛的人和垂死的人
会为你打开更衣室的门。假设正义就在那里吧。
投票箱里的选票窃窃私语。对于其他我们一概不知。
我们一概不知——不快的人和虚弱的人这样向夜晚答道。

木匠的祷词

乌鸦来了，它倒水煮咖啡，递给我一支烟
恋人们睁开眼，如猫头鹰般庆祝
他们口中住着斯特拉文斯基和乞求幸福的人
我只想跟你说这些——风喃喃说道

超自然力量、一个女人和坐在父亲右边的六点多米诺牌
尤利西斯面对海洋的纺锤时想说的也是这些
在卑微的三角形里被夜晚追逐的人有福了
被分派的人、连结在目录上的先驱有福了

没人看见他们，他们涂抹嘴唇，像是偷偷登上录音机
睡到第三天，在第三天前不会多疑地复活
我发觉他们说中了什么，他们的事务会有理可循
波德莱尔的办公室里若没有信天翁，至少也有不幸的母鸡

哭过的人、在消失中建起王国的人有福了
在父母家只有一根备好的拇指的人有福了
他们比天主教游客早两千年从帕洛斯出发

亚利马太人约瑟的高呼在清晨扰乱了妾室的字迹
青春岁月不是森林里追杀黑色诗人的猎枪
为了他们，旨意未尝有一天实现，无论在地还是在天

另一个

未定的事物召唤他，他小心地走向
从未去过的地方。我们假设
他写作，为了买大麻，他卖掉
才智。他凶狠地记得悬起的花园，
警察却在修道院寻找他。他对爱国天资
的怀念像是一只在剥皮室的墙边
产下幼崽的母狗。
原谅我离题吧，不具体的生活
难以概括。我很想成为教皇，
然后废除笃信和大斋期。欢乐
最均等的分配让天资复生。
我们的心曾有魔法，宇宙有它一份，
仿佛骑车兜一圈。另一个人在我脑中存下
一只行走的眼睛和一盘镇静剂。他曾游历
难懂的事情，又从难解的事情回来。
现在他就是我，我个人语言的移民，这人
自始就是他本人，用炭笔给我做自画像。
属于时间的人对本周末的不良预测。

村　庄

梦的终点和王子的鸽房已彻底摧毁
情人 云的脚 望远镜里星星的年龄
雷的硬币 被爱的铁砧 出生的磁铁
拔除难免的游戏 清醒秋天看着的土地
落叶到来，简简单单，像绣在领带上的夜莺
明亮的雪 夜的披巾罩上空树的金色水瓶
破碎的声音 被葡萄采摘季践踏的钟
坐在界限旁，风在那儿抛下它疲惫儿童般的眼睛
真挚的太阳 继承河流通用镜子的雾
孤寂如丢掉的纸牌 山谷 幸存的疑惑玫瑰
每个世界由它们的谜语给予权力
透明的父母 废墟的灯是爱的村庄
在毛线灯泡下用餐 家人的微笑在注视
他们像抵达夜晚中心的旅人一般起身
深切的孤独剥夺他们的眼皮，进入时间
锯开的天空 与活下去的人有关的冬日工作
一切像是一个环 像是从未存在的跑马小径
一切像是让猜想的骨髓隐秘过夜的一座房

预言“家”

是一切都将被宽恕的时候了
女人们去拜了预言之家
而与世界剥离的诗人
走向他们天堂树上最后一片叶子

有些信仰不如烧掉
与其一再重复
是真 是假 金星
跳过墓园围墙
生前渴求的种种
都在夜晚归属

该知道的就这些了
猎人向他的欢愉进发
少年的占星术
用布擦拭对话
一冬追随另一冬
在国王与新娘采松菇的地方

是一切都将被祝福的时候了
星星的遗嘱执行人关掉闹钟

面包师扶正车把

夜的黑暗还未溶化

河的恩典溢出河床

杂货店关门不再开张

秋在栗树间抠紧扳机

乌鸦筑巢在中世纪

修女的柏树足足四百岁

也说不清明天风从何处来

是一切都将被宽恕的时候了

待到沉睡的雨回归

世间将再没有判词

说预言之家曾经存在

记 忆

至高权力固定的波动里
围绕着白昼的诞生，和旋律般镌刻在
回忆的贫瘠黑板上的时间
现实用尽方法描述它如何在
荒唐和神秘马克思主义者的手书里
复制资产，它尽心扰乱
药物的道德。这时爱情来到
思想的功绩，牢里的女友到来，
好像曾经闪耀，却仍未到达
饥饿之耻超脱时间后
该有的模样。死去的“天使”一词挨近
有关存在的思虑，公共
场所，废弃的食堂，在树莓丛中惨遭屠杀的
海上食客。美人，我该把你怎么办呢
倘若饥民，倘若磁塔脑中闪电的
囚徒，缺少胜利，在他们的时间里受苦，
不能眼见你的风度。那你要永远记得
阿琳达·奥赫达是怎样在上校监狱里
把诗写在卷烟纸上。你要把那些诗贴在腭上，像一双钢鞋，
这样，宪兵就发现不了。诗歌是毁灭中的
唯一消遣，这不新鲜，我们知道那不是救赎，
可它改变了一切，我亲爱的，它改变了一切。

稻草人

像

一个

稻草人

在死亡的播种之间

以字母拼出

疯爱人

没

来过

的

某人

在哪

鲜花广场

无穷的数字在鲜花广场燃烧
《光明篇》的书页在这里被活活烧死
前来朝拜“严格”的人，荷马寄给博尔赫斯的带注释的册子
燃烧在现象的列举、成分的述说里
燃烧在墙壁的碎块和“中庸”的教义里的就是那些
人们能听见的，燃烧着，再也不用被记住的，燃烧着
仁慈者的自我和悲悯者的鹰燃烧着
钟表匠、语言学家和两个世界的居民燃烧着
《论语》和对意外的接纳也将燃烧
焦尔达诺·布鲁诺和撒玛利亚人的影子不会燃烧
1600 年 2 月 17 日的鲜花广场
灰烬的晚餐燃烧，通向难解奥秘的小径燃烧
那天我倚在生命之树上等着你
天堂还在远处，像你我的身体之间那么远
夜晚学院的几步之外，以利让他的子民想起终点
对希望的笃信穿过朔勒姆手臂上的西斯多桥
那时堕落者已拥有被遗忘者的印刷厂
数学在欧洲文化的外围交友
我并不明白我所说的——对此我十分清楚
“确凿”是眉间鱼形的光晕
是你名字的苦痛带我到这里来

当着邪恶的面，流放到虚无里的上帝

这没写在荷马寄给博尔赫斯的带注释的册子里

至恶之罪并非不曾幸福，而是遗忘

年轻的卡夫卡在红洋葱酒吧点一杯尼克罗尼酒

怪人的谈话进入歧义的完美

乐趣的损誉——我用它来爱你——是另一种些许

解剖“光滑”

这只手不是手 这个头不是头
它把皇帝女儿和鳄鱼王子的衣服脱光
这些无脚的指头已走遍禁令的地盘
走进硝池，和扫人兴者一起舞蹈
这只猫舌杀死了婚礼蛋糕和母亲们的伤痛
这张桌子不是桌子，它的左腿撑不住
五寸的食肉植物和十寸的金羊毛
这头脑，再怎么努力，都几乎算不上头脑
它让墓园里的木鼓绽出花朵
像国王嘴里的鞋扣一样消失的虫蛹
这些指头在幕布后面变得不同
它在哈姆雷特背后的苍老按键上滑动
这只手只有一分钟寿命，它跟着窃贼走了
这个头挂在脏衣服中，它点亮闪电
它明白，已不会有从很久以前而来的星星
跟随铁匠的脚迷失在四周

秋天的狗

它们没死，走向星星
广阔废墟的破译。那神圣的景象
让它们混淆“同意”和“女巫”。
从不幸迈向渣滓的人的理解力
和英雄的车轮，他们被唤回。
它们假装有再得肉身时情人的手段，
在焚尸的火里歌唱，没什么在远方给它们荣誉，
一只手搭上另一只，在腓尼基石棺里盖住心脏。
它们走向凡人生命里幻想的指令，
在杂志文章一样的祈祷词中，
没有光亮，在希腊竖琴乐师和海洋哲学家旁，
它们把世上的其他礼物放在隐秘的门前。

糟糕友伴

伴着被猎狼人推翻的太子的虚假仪式

伴着没有哲学家研究、对各种圈子里裸体仪式的远见卓识

伴着面对阿姆斯特丹群体的斯宾诺莎鞋上的沙土

伴着拍摄孤独的双人坟墓时女摄影师独身的腼腆

伴着萨米恩托·德·坎博阿抵达虚无时听到的灼人的寂静

伴着被维吉尔判处无期徒刑的玫瑰的钥匙

伴着被信件的风耕犁过的石头的脾气

伴着与东方三博士反向而行的牧人

伴着在王尔德心里啃食红色的、几乎如圣经所描述的生物

伴着逻辑相当于冰雹早至和水的亮片的女人

伴着用鞋跟践踏受赐福诗人的最终审判

伴着刺猬小心呆着的书页所开辟的森林

伴着纳博科夫那些被捕鳗的渔线抓获的死苍蝇

伴着其中有少年被吸入夏日的磨坊阴影

伴着在时间的黑暗下不声不响燃烧的四根棍子

秘密钱币

我倒在床上，口袋里塞满硬币。
永远不会有人知道。两个门房离婚，
爱人给烛光的赞美诗。
只用一枚硬币，你就能轻易堵上
任何噩梦的嘴巴。冥界栏杆旁
一百五十岁的任何疯汉。
在不可能之事的柏树下
排泄汽油的绝好娼妓。
你口袋空空地走在黑暗里，
吸引了狙击手的注意，仿佛你是一罐啤酒。
一句不算老的中国谚语说：
笑着走，总比掉了头强。
确实，一个人本不想成为的一切
在梦的隧道里得以完全实现。
劫匪现身了，这些剃光胡子的杂种
在任何街巷都可能打穿你的长外套。
最难过的莫过于叫醒捞面条的
漏勺，戴着礼帽、安装瓷砖的工人的
闷热，殡仪馆的名单。
最好的莫过于一些钱币——以防训练苍蝇的人
扔给你一只手套，发起挑战，要在空旷里转弯。一个廉价船舱，你生命里的机遇，它中心有个垫片。

要是飞碟来了，你会说些什么。永远没人知道。

不完整的地理

一九七零年，巴黎的喧嚣传入乡村，
像从病中康复的手风琴 声音飘扬到当铺。

一个外省的青年诗人
整晚在收音机前学着法语。

他懂得魏尔伦的诗行，
也懂得行乞死者践踏落叶的声响。

他不情愿地放弃了信仰，
薄雾锈蚀猎枪，姊妹们陷入忧郁。

星星们不情愿地相遇，说了些
世上再不会有人听见的话。

他读起《白痴》，一本俄国小说
讲述一位患癫痫的王子的故事。

他们都是丧父的孤儿，
都曾写过永远没有回音的信。

他恋爱，找工作，养两只猫：帕西法尔与“忧伤”。

一九七零年四月十九日夜里
保罗·策兰纵身跃入塞纳河。此时
距萨特逝世尚有十年，
吉尔贝托·乌西诺斯教授年轻人
伏尔泰的语言，他们在六月里寻求的毯子。

没有茅屋供他栖身，也没有大地的荫凉
——可以这么说——让他在蜜上安睡。
只有风和风的河流穿过同情之林
只有风嫁接在莴苣与鼹鼠的菜园上。

重要的是那时他三十七，和兰波同岁
清晨时悬在离地一掌高的空中。
酒吧里深爱他的人们为他哭泣，从五金店
从面包师屋子的每条缝隙都传出哭声。
钟将再次掩上双耳，
土豆将在冬季腐烂。烟灰
掉落在洁白的蜗壳上，一位自愿的天使
将会合上“法国俱乐部”的百叶窗。

陌生人的正午

蓝色的意愿酬谢天空的骨骼
它为奴仆做面包，让他的气息有文化

蓝色的意愿创造真实世界的时间
它在水的学校里给予公平、平息不和

因毫无赞词而被引至幸福的这些蓝色
更钟爱埋在地下的钥匙，更钟爱盲人的乳母

蓝色东西的传染力使靛蓝色的药铺增多
在毒蛇冬眠以后释放蜂房

粪坑上面、温室上面和法医室上面的蓝色
私密的假牙上面，封闭式屋顶的蓝色

洗衣女人常常光顾的童年，愿它的蓝色能安宁
在磨坊里合拢双手的风，也愿它的蓝色能安宁

蓝色的赤裸爱情催眠了面粉的意愿
黄鼬，鱼贩，云朵信使的喵喵叫

不急，海的衬衫要过很久才能晾干

蓝色在睡袍里追随你们，像是游轮的船头

出埃及记

你要记得那些古老的岁月

那时海水分裂，助你远去

马克·夏加尔只是一朵空虚的云

你还没有出生，几乎没人出生过

先知果断地发表预言

人们不再长出鬈发

文字里记载的事件就在那里发生

女人生育，直到百岁

幸福在风栖居的地方找寻荫庇

一个简单物质，面粉与水混合

你要记得神圣的鹭，记得火鸡

所有害兽都是人类的亲友

大人物让沙漠里下起鹌鹑雨

每只鸟都是智慧派来的邮差

点亮灯的人把光借给其他的眼睛

每个蜂巢里都有牛奶的河流和一家药房

你要记得天气新闻

当古老的雨水泛成暴怒的洪流

我们现今不理解的一切在那时都浅显易懂

蓝色母牛的小提琴，灰色头发的村庄

每个酒鬼都不傻

蒸汽马匹还没被发明出来

你要记得，记得那些日子，记得那些年岁

抵抗组织在魏尔伦的诗句里加密他们的口号

“炉灶，微光闪烁的灯

为一月一月而烦，因一周一周而怒”

他们砍下黑帽学徒的双手

他们挖出白色艺术工会成员的双眼

当梦中的未料成为仅有的期望

无论神祇还是国王都对此一无所知

除夕夜

那时我不是我 是屠夫到来时伐竹的老人

我们为天空朗读神圣的悲喜剧，醒着度过夜晚的间歇

我们听见它畸形的马匹在骗子的重负下哀叹

在离我们自己很远处，记忆是一具在镜子前捆绳子的尸体

诗人的王权已用遗忘终结了疾病的所有秘密，而我再难想起
　其他地方——就在昨天成了黑暗和来自创世的回响的地方

我理解那些不可理解之事，比如拒绝名称的事物

此般环境在森林中催生了黑曜石那收不回的嗡鸣，那声音把
　能被理解的一切，带往出借给黑暗的区域

那种栖居在惶恐犬吠里的昆虫，那类在灰烬的疤痕边与完结
　的心立约的苍蝇

我们同惊异的人群联合起来，这把我们引向残疾——那时，
　只有夜晚才同情我

你仅仅能像星体的蜡烛那样移动

这时在仆人的语言里唯一形成的，就是悬在以撒头上的大
　刀，它会让你笑，让你去疏通海湾——瞎子的不幸命运在
　那里洗手推责

要铲除话语的脆弱意图，须有足量的光来汇集那些视角各
　异、心不在焉的人，比如巴门尼德，他走进咖啡厅，想对
　中学里最后的永生者发表意见

日子流逝到那时才停下，如同智者的头变成疯君主的狗

在我的意志里，眼睛的手仅仅挪动着让工人摆脱命令、摆脱法律的副词、得以消失的碎片

当人们迎接隐蔽的阳光和旅行中早早出现的大衣时，时间就结束了

我们看到了粗绳，看到它降至我们头顶，仿佛一场闪电和抖靴子的桀骜神灵的雨

我们就这样站上高台，把自己连结于他者的缺席；在我们没有的人格里，我们从此持久连结

一切非人所有的，都学会了成为忏悔的语言和脱离意义的根源

因为我已不居住于讽刺的言语，一年的最后一晚永远辞别了彼时不属于我生命的一切

倘若我是从复活的矛盾里回归的那人，我现在能想些未来的什么？

伊甸园

欢迎被判决的革命大众来到乌托邦

工业劳动者的集体蓝图已宣告失败

从每个民众领袖都生长出一棵垂泪的柳

我们该做什么 迷人的都自然而然枯萎

无关话题的管道偏离了论据

像是那天滑铁卢战场的大胜

夜晚就是夜晚 乐手剥光姑娘们裹着的玻璃纸

雨水浇灌地球而情人在睡着

这不是第一次也不会是最后一次：

水涨到脖颈，乐观者的

播报向企业内部商店的经理层捎去口信

没人，没人把这世界制成椋鸟的毫厘硬币，让它成群落向罗马的奇物

月亮在那里，它也可以在别处用拾来的头发钓蜗牛

围裙里的黑麦面包谩骂金花的秘密

上帝只存在于人们的想象，这不是小事

未来确实不可分割 理发店 棒球

乞丐设套猎捕的游行乐团女领队

年龄之后几乎不剩童年的黄昏

已过去六十载，固执也掉了牙齿

某时某地有一朵“花”一颗“石头”一块“玻璃”

魔术师把伤者送到曼荼罗消逝的房间

那里安静无声，难懂的事物掌控着鲜活的词语

我没有叔本华的头脑——我该为此惭愧

未变的只有绰号“法兰克福”的佛祖：欢迎你们

迷雾伯爵

罪行过后，佛陀在鹰舍里安装铁索

词语的时间抛弃排字机与台球桌

污渍留在抹布上，直至夏日临近

壁毯 胡狼的大理石手套 装满沉睡的头发

罪行过后，风鞭笞指示牌的力度比以前轻柔

小货车携猎人开进十一世纪的乡村

后续左轮手枪的畜栏里，动物出生得更加黑暗

涨满恐惧的牛在粪便上发酵

在酒馆里望见教堂 热啤酒的空桶

罪行过后，蠢货们一身臭气，洗劫镇上最后一户

凭唇萼薄荷而受孕的年轻村妇来这里生产

她们流产在便盆里，墙挨着墙，挂起来的收音机

她们被拴在铁床架上，在桶里被剥去叶子

在橡胶册子里，肉商汲取哑巴的舌头

他们在迷雾伯爵黑雨衣掩着的月亮上弯着腰

扯破长袜 撕碎扇子 累垮母马

十一世纪的肉商 货车 热啤酒

三六年的女民兵后颈中了一枪

在星辰笼罩的水沟里被剃光头发

$E=MC^2$

爱因斯坦的智慧胜过我们的总和，这毋庸置疑

衰弱、柔软和单眼眼镜是尺寸相异的存在

蒙太古和凯普莱特两家族眼神相交如利刃

三分之二的人经过消防车，水在茶壶里鸣响

人皆明知：匆促行事会改变幸福的根据

艰难的爱情在此情此景失去万有引力

海平面以上难容太多争论，各在其位，无需多言

平均来讲，一句十一音节诗比鳄鱼的舌头短

诗歌，你从我心上大步逃走，依我看这可不雅观

共和国

欢迎 绰号坎波里奥的小安东尼奥

欢迎 玉米片和燃烧泪水的引擎

欢迎 格拉纳达姑娘的双唇 盛白粉的瓶

欢迎 我们所是的一切 太阳月亮明日的水

欢迎 卖线轴的小贩

欢迎 卖桌布和杏仁的人

欢迎 用称呼命名自己的人 无法辨认的祖国

欢迎 女孩儿们 装满珍珠的鞋子

欢迎 南瓜窃贼

欢迎 云之父 向左梳的水流

欢迎 匆匆的欢迎 天空以此维生

美啊，欢迎你！共和国高呼，然后被枪毙

最后的话

律法消失 世界消失 茅屋倒塌 钻石熔化 嘴唇下来敲石膏钟
　杀手吸着喝泡沫

命令和泉水燃烧起来 直发的头燃烧起来 病人放弃了确定
　梦和苹果不再成熟

我不知道自己说清楚了没有 春天在一张小床 一根棍子 没
　有回答

公共汽车改了线路 建筑工人参加洗礼 监狱消失 医院小桶
　死亡和死的各个名字

附　录

英文目录（Apéndice：Índice en español）

Índice en español

Antología Poética deJuan Carlos Mestre

La bicicleta del panadero (2012)

跋：承诺派诗人，太阳派诗人，及其他种种……*

莱昂诺拉·乔莉叶① 李 瑾 译

胡安·卡洛斯·梅斯特雷（1957年生于西班牙别尔索自由镇），在当今西班牙文学创作的大背景下，是一位罕见的、难以归类的诗人，其个性远离这一代诗人群体的整体趋势，代表着一个孤独而鲜有的声音——对抗现存的所有规则、所有风格范式，创造着规避惯常修辞形式的作品，彻彻底底地独树一帜而具变革意义。毋庸置疑，在过去的十年中，他已成为同时代诗人中最有影响力者之一。

承诺派诗人，太阳派诗人，他的才思光芒万丈，同时亦深奥和具有揭示性的黑暗。他能调动奔逸、魔幻、叛逆的想象力，在话语中逆反的能力以及通感的直觉力。有了它们，梅斯特雷仿似接受了先锋派的挑战，从容应对后现代文学批评最大胆的主张。

他已有数目众多、内容广泛的作品问世，包括多部诗歌、小说、散文，此外还有大量视觉艺术作品（他不仅是诗人，也是画家、音乐人）。著名文学理论家安东尼奥·加西亚·贝里奥（Antonio García Berrio）称其为“加西亚·洛尔

---

* 标题为译者所加。

① 莱昂诺拉·乔莉叶（Leonora Chauriye），1968年生于智利圣地亚哥，毕业于西班牙语语言文学专业。散文作家，以多个笔名发表了大量有关现代诗歌的长短评论、研究论文。现居巴黎，在大学任教。

卡（García Lorca）以来，西班牙诗界最有力的抒情想象”。梅斯特雷如今已被普遍认可，成为当代西语诗歌一位不可不提的人物，以多种语言翻译出版，常常登上世界各地的诗歌节舞台。

这位诗人展示了民众意识、哲学思辨的神秘与求索，展示了自然，展示了人类生活的困厄。他善用讽刺，性格激烈，在他身上，可以看到一种智慧的洞见，它抵抗着专制和微观权力的一切表达。梅斯特雷是乌托邦的建设者，他的道德力量在其散发魅力的诗歌创作中坚不可摧，是声音和话语的本质要素。道德力量使他本人成为一个“证人”：他控诉野蛮，谴责那些侵犯人权的诸多压迫。梅斯特雷是活动家，是有爱的人，是公民，行使着言语不屈的权利，他把这种权利视为诉求人类尊严时最基本的权利。这位诗人行事自由，保留异见。他文雅，但不被经典模式束缚牵制。他是诗界异端，脱离常规，与众不同。梅斯特雷的诗歌所代表的，是西班牙语对诗歌话语革新的最重要贡献之一，也是文化——这种教化工具——在发展时面临的突然而必要的考验。

梅斯特雷名下的十多本书，使他在西班牙备受赞赏，收获多个奖项，包括阿多尼斯奖、国家诗歌奖、国家评论家奖、卡斯蒂利亚-莱昂文学奖。

梅斯特雷的诗性思考在他的早期作品中就有所体现。那时他还很年轻，他渴望创造，渴望解救。面临否定时，他甚至渴望搅乱现存的秩序，搅乱被佛朗哥独裁时期的教育视作行为典范的客观现实。在这样的情况下，诗歌出现了，诗歌是一种解放方式，是解放语言从而实践一种“偏离正轨”，是联合禁忌的他者性，是有意识地远离宗教和父权制的样版。有些人排斥专权主义遗留下来的社会结构，必然是在与这些人的联合中，梅斯特雷才能找到集体的“没有嘴巴的声音”，找到对被迫沉默者的话语的承诺，找到他那些带有“人性痕迹”的篇章在民众、政治、批评、爱情等方面的定位。

假如哲学家、语言学家、文学理论家们都认定，在客观现实的世界之外，还存在许许多多平行世界，它们属于心理和精神层面，比如说梦境世界、癫狂世界、欲望世界、恐惧世界，以及一些纯粹被假定出来的世界，那么，读梅斯特雷的诗作时，我们能准确地找到另一种精神世界，在这个世界，语言是现实的最高建筑师，所谓“现实”是艺术的现实。正如梅斯特雷本人所说，在这种现实里，我们能凭借诗歌了解到的东西，是用任何其他方式都无法获取的。诗歌是认知的工具，它从伦理道德层面复原了受害者的沉默之声，它是有象征意义的词语，语言现在成了给失去声音的人的抚慰和公道，而诗歌解救了语言。

面对西方世界的耸人听闻的恐怖史实——宗教裁判所的可怖行动、为征服而挑起的战争、对犹太人的大肆屠杀、种族灭绝、集中营、饥荒、对异己的否决、意识形态的迫害，梅斯特雷的诗歌贯穿着犹太人的精神，挺身而出，站在他所经历的那个世纪的废墟上，为缺衣少食的人、虚弱的人、不满的人而发声。他用奇妙而惊人的想象力，从历史的空白中，救出了那些仍居留在记忆之国、无法发声的人。住在沉重伤痛中的他们已不具真实形体，只有神能听见他们的沉默。这个神，是他们唯一的信条中属于民众的神——公正之美。

在他的作品里，诗人继承着西班牙和拉美的先锋派、法国超现实主义诗歌、英国浪漫主义诗歌、惠特曼影响下的美国诗歌及“垮掉的一代”。伟大的西班牙诗人安东尼奥·加莫内达（Antonio Gamoneda）是他自少年时代以来的友人，被他当作自己的首位老师，同时也是最重要的老师。梅斯特雷与加莫内达两人的作品之间进行着广泛的对话。

在这本梅斯特雷诗选里，我们能看出他从初期以来的主要创作脉络。从他的早期作品开始就能明显发现，相对于同时代的诗人，他的声音在变换、转移，“诗人”这一角色被去除了神秘色彩，赫尔墨斯主义和口语体语言能够共存，典雅风格与大众风格彼此掺杂，对于诸类权力表示出怀疑。梅斯特雷的诗学居于话语结构的边缘，边界的极限。自由思想者的“失序建构”，异端者层层叠叠的意志，在理性规则的战争里存活下来、代表人世变化的残存事迹，在这种边沿的地方，取代了用以统治的语言。然而，那些故事片段的主角并不是梅斯特雷本人，而是一个已经消失的人。这个人把自己抹除，是为了在“神圣文本”的凡俗仪式上彰显“他者”的象征性。

批评家莫利纳·达米亚尼（Molina Damiani）认为，梅斯特雷坚决不服从权力：他含蓄地谴责，智识的民粹主义发展迟早会导致愚昧的浪漫主义演变；而对于这个时代特有的法西斯文化，梅斯特雷从未表示他赞成新自由主义模式的权力工具。通过其作品，他始终追求复原初始的、早先的东西，他为时间的永恒性做出证言，仔细筛查空间的偶然性、未知事物的神秘面孔，从他的艺术性证言中创造信实。这是一种道德的证言，正如他自己所说，它追寻的“不是把想象带给权力，而是利用想象来对抗权力”。

梅斯特雷写下的最初几篇诗作，来自于对失乐园的怀念，后来他创作的源泉则是厄运引起的忧伤。在厄运中，时间流逝、恒久、死亡的幽魂都清晰可见。但是直到他去探访罗马新教徒墓园的济慈之墓，他才被一种梦境般的幻象所击中，这个幻象让他真实地看清历史上失败者的遭遇，当科学的谎言臣服于荣耀、不公及其罪恶，它掌控的世界有多么无能为力。济慈的坟墓是真相的陵寝，通过它，人们开始认识被摧毁之“我”，它揭露了一个因堕落而倾颓的城市，它是死亡之地。罗马被称为“天启之城”，在浪漫主义诗人济慈的墓前，梅斯特雷对罗马进行剖析——天主教会、资本主义国家、银行、军队、意欲剥削全世界穷苦人民的官僚，它们的腐朽在阴间的标志即是罗马。《济慈墓》是一座崭新的梵蒂冈，梅斯特雷心怀怜悯、仇恨和回忆，他预言：资本主义让封建时代的规则持续至今，统治着西方世界的福祉，它终有一天会失去神圣的中心地位。

莫利纳·达米亚尼如是说：假如说洛尔卡属于纽约——资本主义的脸庞开始沾上鲜血的地方，那么，梅斯特雷就是属于罗马的诗人。谁要是想让新的人文主义复燃，就得去扬起留存在罗马新教徒墓园的灰烬。梅斯特雷拥抱济慈之墓——一个过于浪漫主义的地方。他在这个我们能够抗拒的罗马城，建立起新罗马的传统。他知道，他预知了某种未来文化，自己也许是这个文化的始祖，尽管这个未来的文化不一定会出现。新形式的民权还没有建成它的天堂，但必须摧毁今日世界的地狱—— 一个道德层面的地狱，梅斯特雷要捍卫的，是栖居在这地狱里的具象的人所呈现的唯物主义活力。梅斯特雷的晦涩语言（称其为“晦涩”，是因为它有幽暗的内在结构），是社会的讼状，它与官僚自然主义的惯用模式背道而驰，通过先知般的声音，通过多为呼语的标志，他的语言得以具象化。在他的语言中，构成道德的不只是交织起来的意义，更是织造出意义的情感，它像一个政治的纺织机，表达出它表现主义的、非理性的美学信念，旨在展现这段时间的张力，这段时间没有记忆，甚至不知道它正在消灭自身。

也许，如托马斯·桑切斯·圣地亚哥（Tomás Sánchez Santiago）所言，最能精确描述梅斯特雷诗歌的词语，是“想象力的责任”。想象力的实质是无责任，在梦里，在我们所谓的简单生物身上，也存在这样的“无责任”。没人知道想象的尽头和规模，它的领地就是无限自由的领地，它的宏大就是无差无别的宏大。但是，在“诗歌的责任”这个概念中，急需一次名义上的刺激，来引发足够多的激情，让诗学的真理当面爆发。被简明所挟持的语言生意，有些真相无法做到，上述的“刺激”就如同把究极的真实告诉它们。我认为，无论梅斯特雷自己清不清楚，他都处在一个被名义上的模糊所迷惑的国度。他的诗歌创作同时建立在数量和混乱上，换句话说，同时建立在扩张的东西和被搅乱的东西上，二者层层交叠，它们是他所有作品里长存的标志，直至产生那次急促、恼怒的呼吸。

在梅斯特雷诗歌的坚固框架中，唯物主义和平等主义是同等重要的基础，只是在他汹涌的诗句中，他不求激起近来膨胀的文明，而想要持久地讲述一场危机，无论产生危机的是诉说方式（正如他于 1992 年出版的诗集题目——《诗歌失宠》)，还是罗马那已成为象征的文明。罗马文明的根基腐烂了，鬼火闪着模糊的光。在《草叶集》里，惠特曼这样吟咏："我接受事实，不敢质疑它，/唯物主义自始至终将它穿透。/美妙的科学万岁！精准的论证万岁！/把葡萄、雪松和丁香的枝条拿来吧。/这一个是词汇学家，这一个是化学家，这一个编纂了/古时象形文字专家的语法。"在《济慈墓》里，梅斯特雷愤怒而明确地谴责"建立于暴力上的帝国在茅房里铸造狮身人面像/占有秽物，牟取暴利/法官的地毯上，黑帮的螨虫/民主的遗体上，商贩的政府"。

可以说，梅斯特雷的诗篇是一纸意义重大的诉状，他指控遗忘，他指控历史的一切遗忘，指控社会对所有受害者的生活欠下的道德债务。他的诗歌仿佛一个庇护所，收容了贫困潦倒的人，因专权的行为和言辞而成为牺牲品的人，被社会那可憎的碎片所伤、身处困厄的人。这个社会的基础是资本主义的经济至上，资产阶级占据统治地位，金钱被奉若神明。

关于梅斯特雷最新一部诗集《工人阶级博物馆》(*Museo de la clase obrera*)[①]，埃米里奥·托尔内（Emilio Torné）指出，梅斯特雷走进了二十世纪的残垣，专制、暴

---

① 该诗集为诗人 2018 年出版的最新诗集，因诗歌语言过于革命，不可读性太强，故汉译诗选的译者们本次未尝试呈现。

虐和贪欲的残骸，概言之，是除去被迫害者的痛苦以外，所有行为的遗存。面对以遗忘为形式的文化，梅斯特雷用回忆进行论证，想要从废墟中拯救出受害者无名的脸庞和卑微者的尊严。（“对静静排在队尾的那些人，他说：你们永远站不到队伍前头。”）

在这场旅程中，梅斯特雷固执地坚持他创新的决心，愈发大胆地挑战诗歌传统和诗歌的名声。（“华美的辞藻为你而消亡。”）对语法基石的挑战，并不是简简单单为了将其摧毁，而是要发起一项用诗歌进行的调研，这种调研从片段和火花入手，铺砌浮空的新桥，通向揭示。在兰波的启示下，他批判性地回忆起先锋派（他并不怀念先锋派，更不对其有敬意），这与非理性主义并无联系，但曾经涉及对描述性思辨的争议，以及对语言边界的进犯。我们很清楚，语言的边界就是认知的边界。逻辑遭到破坏，却没有消失。想象的几何空间容易变动，现实的片段在其中被重新描画。（“所有几何都是眼睛的不幸，正如冰雹是天空牙齿的不幸。”）一个证据就是他拒绝诗歌传统上的等级和结构，这就形成了没有中心、没有形象、没有尽头的文本。同样的理念也影响到了当代音乐和美术。

梅斯特雷也在坚持追问全部真相，这个“真相”范围广阔，涵盖上个世纪的方方面面，也包括文化上的诸多参照。梅斯特雷的想象力非同寻常，它聚合了日常的和稀有的、大众的和高雅的、尊贵的和揶揄的、口语和诗歌传统、主观的和人性本质的、同情的和好战的……梅斯特雷欢迎每一个接触这些文本的人贡献出他自己的视角，在面对离解和嵌合时提出类似的个人经验，因为这样的经验有深远意义。梅斯特雷认为，真正的诗歌在于抛弃诗歌文本，而保留诗歌的不确定性，那将是建造于过去的废墟、属于未来的诗歌，仁慈、悲悯的谣曲。它宣示尊严就在同胞身上，它激励人们立足于无名的动荡，从而得以拥抱“孤独的大众”。

本书的每一篇每一页所呈现的，是勇气和希望的心中不可或缺的、日益增长的和谐，个人意识的痕迹和动态。关于死亡的想法受了伤，一条小径穿过这些思想，个人的意识在这条路上被视为疗伤者，是政治的语言和声音，它考量着叙述不出的事物的本体思想，那可能是自杀者的本体思想。从上帝通过迈因兰德（Mainländer）自杀，到罗斯克（Rothko）自杀，也许还有因为以前的经历或承诺而借他人之手实现的自杀，这些杀人者有很高的智慧和深沉的爱，他们杀死了费德里科·加西亚·洛尔卡和皮埃尔·保罗·帕索里尼（Pier Paolo Pasolini）的生命。哲学家阿莱杭德罗·塔兰提诺（Alejandro Tarantino）评论我们的这位诗人说：“梅斯特雷的篇章让我们坠落，把我们留在无意识的犹太钟表里，在这个地方，如果认知不等同于遗忘，那么它就是罪责。梅斯特雷崇尚记忆。西班牙的文人中，没人比他更具犹太人特质。他在这本书中列出了他的观念，洗濯犹太人血脉里可想而知的悲惨，他在这本书中宣示自己的身份，以雅比城的方式，让记忆凭借存在或虚无而重新得到了思想的形象。”

一切一切的观点，都是诗人隐秘的激情。不是词汇，不是韵律，不是摩挲阴影之墙的隐喻，而是观点，其中包括了争战在情感的流动土地上的女性英雄。

有了牛顿，数字才得以成为语言。但在此之前，还回荡着布鲁诺的呼叫，观点和愚民宗教所规定的火焰灼烧着他。平等的数字、公正的精确语言也死在那里。为了让生命存活下来，哲学和诗歌应该再度融合、消除它们之间的界限。诗人，就是不喜好奴役的人。梅斯特雷把作品写在神秘骚动的五线谱上，像波德莱尔一样，他无权蔑视当今，他一边穿越人类的荒漠一边英勇地嘲讽，是语言边界上的修行者，对于驱逐恶人和自杀者的本体思想，他质疑它的权力。他用作品回应阿多诺：奥斯维辛之后，写诗有了空前的必要性。

也许未来的诗人能够克服恒久的时间，无需记忆也能畅言，也许他的今日即是昨日。词语没有指向，在梅斯特雷看来，词语是它们自我世界里的田园牧歌，它们揭晓了艺术的意义，揭晓了艺术如何成为反叛者的迷宫。经院式的论证构成了这迷宫的材料，它的出口都是阶级定位的隐喻。在梅斯特雷的理解中，工人就像是誊写员，他们建造了桥梁以及桥梁所连接的不同世界，他们保持着民众对善良的怀念，也能敏感地发现邪恶。诗人本该孤独而漫无目的。兰波，给邪恶的赞歌，后来者的认识——他们笃信：生命就是诗歌，一本书，一部没被写下来的传记，许多条生命消失后浮现出来、经受检验的东西。相较于其他诗人，我更喜爱消失的诗人，他们不因身份而厌烦，也不执着寻找过错，不把过错当做自己声音里不知不觉出现的核心或要素。资本主义、新自由主义的一切都显露出过错，如此被扭转了观念的人都会痛苦，并且与传统诗歌分离。意识的涌流就是斗争的涌流，它能直接用义务来终结义务，只有通过它，才能渴望诞生。梅斯特雷说：选集里到处都是小丑。

评论家安东尼奥·门德斯·鲁维奥（Antonio Méndez Rubio）自问：对于梅斯特雷的作品，为什么读者一上来都以感谢来回应？这样裸露直白、似乎不属于这个时代的诗歌，它给了我们什么好处？我们到底欠了它什么情？从一开始，梅斯特雷就需要一个共有的空间，同时也对它进行探索，“共同分担，赤裸坦诚”。尽管没人预料到，可它是共通点的空间，毁灭和表露出的美好之间的共通点，在生命的崭新、紧迫的孔洞敞开时，被摧毁的、同时又是美好的东西。海德格尔说：言语是存在的居所。那么我们可以认为，梅斯特雷的诗歌言语是一处没有顶棚的居所，它收容着不可能的事物。这座房子还未完工，还没装上门栓，它还在初建阶段，亟待在未来开放。地面和土壤、损失和时间、适当的和不适当的……它们都来到一个废除和献祭的地方，此地属于一个无法实现的期待，说到底，这份期待就是对一个不可能出现的人的信任。只有诗歌认识这个人，只有诗歌才能在光天化日下用词语让他具有肉身。因此，在某个清晨，或许正是现在，梅斯特雷想：“赤裸是唯一的政治方法。”要想让共通点成为不同事物真正进行会面的地方，要想在出现贫穷和困顿的痕迹以后，让共通点被重塑为众人贫苦生活的解决方案，赤裸就是先决条件。

房顶上贫穷的霜和苔藓……作为容纳不可能事物的居所，梅斯特雷的诗歌语言呼吸的地方唯一能向我们敞开的时候，就是它重现不可能的过去的时候，那时它重新变成一笔债务，摸索着去寻找更为必要的生命。像列维纳斯

（Lévinas）说的一样，我们与其他生命的距离，相当于我们与其他生活方式的距离。或者我们引用安东尼奥·加莫内达的诗句：“不可能就是我们的教会。”所以，在梅斯特雷的诗歌里，我们或许能看到他祈求祖先，祈求“因血统而遭放逐”的人，祈求战败者，他祈求的方式，不是进行一场表达怀念的、理想化的仪式，不是把诗歌改造得更唯美，而是像本雅明（W. Benjamin）所说的那样，将诗歌政治化，让它以新的角度去表现生命普遍存在的脆弱：“我的祖先发明了银河，/将恶境称为必需，/把饥馑叫做饿墙，/用属于贫穷的一切来给贫穷命名。……然后他们给饥饿取名，为了让它的主人/占有它的房屋，/他们游荡在路上/就像刺猬和蜥蜴游荡在乡村小径。”

显然，在梅斯特雷诗歌这不可能的房屋里找到地板，并不是一次恰当的探寻所想要的坚实、清晰的东西。我想到，有些评论使用“乡村主义”这个标签，而在这里应当探讨的并不是“乡村主义”，也不只是乡村故事的消失和被弃。这样的“乡村故事”包括济慈所谓“大地的诗歌”的恒久存在。我也想到了“新史诗”这个标签，但是在这个密实的框架里讲的并不是新英雄或反英雄的故事，而恰恰是“悲伤的蓝色群众”惊异的眼神中星辰如何坠落。这里确确实实有的，是某种可作参考的选择，它增殖繁衍，像潘多拉魔盒里的丑恶与美德一般，它的根源也（再一次）过于常见以至于显得不真实：受折磨的人，外国人，流浪者，孤独者，“所有受苦的人的眼睛”，“被贫穷的蓝色叫声串联起来的民族”，投降的人……确实，星辰陨落了，可是梅斯特雷陪伴着这场坠落，并为它作证，他与星辰一同坠落，像是拉菲尔·佩雷斯·埃斯特拉达（Rafael Pérez Estrada）诗作中的“漂浮的人”：“啊，你，你面朝月亮与繁星睡去，直到你苍白的脸更加苍白……”

梅斯特雷的语言脱离了日常用语，他铺展诗歌的方式是循环、重复和自由体。他的自由体，不单单摆脱了经典诗歌韵律，摆脱了伊尔德方索·罗德里格斯（Ildefonso Rodríguez）所说的“音节的迷信”，更摆脱了加于诗歌的一切负担，因为它展示的是诗人假定的外在现实，抑或是确凿的、不变的现实。梅斯特雷说：“我与不现实的东西达成了一致，我是现实的唯一影子。”在这个意义上，梅斯特雷的诗歌反映了最不顺应流俗的浪漫主义，或是最不单纯的前卫主义，恩斯特（Ernst）、兰波（Rimbaud）、马雅可夫斯基（Maiakovski）、米肖（Michaux）、霍兰（Holan）都具备这种风格。甚至可以说，他的诗歌里有超现实主义的遗存，但这种超现实主义，已经不意味着重复使用过去和现在都被滥用的传统途径，更确切地说，它指的是严密地探索理性的陷阱，穿越无意识者的危险沼泽，有点像艾米莉·狄金森的做法——她把意识比作一个保姆，小孩子在某个特定的时候会想要远离她。当然，在意识和词汇的黑暗里探寻，使得这些诗句不能散发出超人类的神秘气息，而那种把阅读（这里我不说“倾听”）变为恍惚幻境的黑暗的光芒、夺目的阴影，也无法投射出来。我们可以引用马尔·特拉福（Mar Traful）的说法，在梅斯特雷的诗歌里或许有一种“夜晚的政治”，在我们这个世界，很长时间以来，共识不是大家共同达成的，而是随意出现的。只要能随意产生共识，它就难以被打破。我们今天去哪里寻找能伤人的词语？这样的词语能像箭一样被射到明显的天空。现在，答案就显而易见了：在梅斯特雷的诗歌里，在桀骜不屈的潜能里，就能找到这样的词语，而且它们也找到了我们。

“凡是馈赠，必有果实。”谁都否认不了，这些无法预料也不能复制的诗歌，正在无休无止地长出果实。“现在，抵抗就是成为凡人。”有限的生命何以成为一种抵抗方式呢？这个问题很难回答，或许根本没法回答，或许我们在找到答案之前还没准备好。但这并不代表这个问题没有价值，说出的、未说出的东西也不因此而失去界限。至少我们还有一个奇异的自由之地，它超越了交流和认知的范围，一个被放逐的声音在其中又响起来，这就不算少了——“既然我不是那种虚构之物的主人，在他们说我是怪人以前，/我就远离了乐观，不再认为理解我的人能超过两个，/我开始听见自己的话语，它们像重重的锤击声，震荡在空旷的所在。”

谁能听见这些话语的声响？它们会有形体吗？到最后，不可能存在的唯有保护。这些诗歌知道：没什么能保护我们不受他人伤害，面对这样的诗歌，能做的只有去倾听它、感受它，循着可以言说的秘密，跟随它。我们每个人都要知晓这一点，不然以后就会有人说“我没料到”、“我不知道”了。

这本梅斯特雷选集使读者可以纵览诗人在这四十年来的创作，从最初的作品到较晚近出版的诗歌都收揽其中。它便于中国读者进一步接触梅斯特雷诗歌那广阔的想象世界。文学研究者埃米里奥·托尔内曾编辑过梅斯特雷诗歌，他说：梅斯特雷把他的创作视为一个开放的空间，写作与编辑的时间性关系并不占主导地位。而某些记忆线索和经历线索之间的联系看起来作用显著。梅斯特雷的诗歌映射了一种流动的意识状态，所以，也许与其说他写了一本本书，不如说是一个个交叉的循环。我甚至要大胆地说，他从来没写过书，因为“书”指的是诗歌的汇集，是封闭的系统、可以预见的结构。《济慈墓》可能是一个例外，尽管在我看来它实际上只有一首诗，它涵盖的内容过于广博，以至于只能单独成册。在长期不断的写作过程中，作品得以成型，随着各个篇章纷纷变成终稿，不同的题目就相互交错。梅斯特雷的创作里的逻辑感和明显的渐变性，来自不同诗歌定型的过程，而不是相反。这也就是说，在完成写作之前，不会预先有某种创新的想法来把诗歌创作引向新的道路。

本书中的诗歌，在作者写成以后，就极少有文字上的修改。然而，在很多篇目里，诗人在语句位置、段落结构和印刷格式这些方面做出过较大的改动。总的来说，修改之前的诗文都不遵循诗歌结构，而是采用散文诗的形式。在改动时，标点符号也变了，甚至直接被删去。应当指出，梅斯特雷没有试图给他早期的诗作换上一副新的模样，相反，他尽力使它们恢复最早的样子——它们刚被写下时的样子。但鉴于传统诗歌的重要意义，他把作品修改成了诗体。我们看到的不是革新，而是复原。这些诗歌的排序不是按照线性的时间，这一点是梅斯特雷呈现诗歌时最具个性化的方式。

如果一部选集按照时间顺序排布篇章，那么一般会有明显的变化感与破裂感，而这部选集则力求突出梅斯特雷作品中重要的连续性、不同时期之间的和谐。为了实现这一点，它让诗篇之间产生交汇，这样一来，它们就能对话、呼应，诗歌与读者之间也能交流，为的是给张力和意义创造新的空间，使篇章凭借它自身的首肯、驳斥、并行和对照，为读者提供道路和启发。这本选集是按照对诗歌话语的认识来组织整理的，我认为，那是梅斯特雷诗歌中最具创新性的特点之一。在话语意识里，诗歌像是一个庞大的宇宙，内含多重类比，它们并非被束缚而是被贯穿，释放了语言和词汇那丰富的创造力，也释放了数量众多的历史事件、政治事件、文化事件、诗歌事件、生活事件、情感事件……诗歌的想象力，在梅斯特雷作品里进行了超凡的努力，它的基础是恒久存在的批判理性主义。想象力的实践在大量草稿和修改中得以进行，显然，它力求利用、（重新）引导类比（及其悖论）所产生的危险法则。诗歌成了一个活力旺盛的螺旋，它让远去的时间扎根在诗的意义里，它相信，摆脱意识的控制完全不代表迷失在非理性的荒唐世界里。梅斯特雷的作品里，完全没有自动主义，也几乎没有超现实主义（最多有一点儿印象主义和圣-琼·佩斯的味道）。与他的超前视角相关的，不是理性以外、幻想事物的骤然出现，而是产生自诗歌经验的新认知。他在一次采访中表明："我的写作从来不依靠非理性。我的每一句诗都是个人生活经验在我内心的产物，无一例外。"他又补充说："思想不受个人意志的限制。它是不是和部分的、魔幻的、抽象的意识有关系，它是不是和认知现实中可见的、不可见的区域有关系，对我来说都不重要。它是我对世界的认识，我认为，它是我经历事物的唯一可能性。”对他而言，想象和直觉是人类智慧和理性思考的两种能力，联系着生活、文化、历史、政治等方面的不同经历。

值得特别指出的是，相比于大部分诗人，梅斯特雷的见解与神经科学的新发现有更多的共通之处，这些研究在科学领域探索“意识”。马库斯·赖希勒（Marcus Raichle）曾说，大脑在静止时与全面运转时消耗同样多的能量。思考不过是大脑的活动，而大脑的活动大多数是无意识的。克里斯·福莱斯（Chris Frith）认为，精神层面和身体层面没有分别，对精神和身体的区分是大脑制造出来的幻觉。我们察觉事物时，移动一只手时，大脑中激活的区域和我们仅仅是想象这些动作时没有差别，这已经得到验证了。所以，外界环境只给我们非常有限的刺激，让我们理解现实，而其他的刺激都是我们创建、编造出来的。曼努埃尔·马丁-洛埃切斯（Manuel Martín-Loeches）说，意识不过是一种映射，它只是大脑的产物，就好比引擎产生了轰鸣，而轰鸣声并不是引擎的本质。我们不知道我们是怎么储存、重造记忆的，也不知道我们此时怎么做着将在未来出现的决定。这样的无意识思考不应该被定义为“非理性”，只要我们回忆一下车是怎么开的就够了——这是一种理性的思考，只是大部分时间是无意识的。同样，科学也特别证实了无意识行为能影响创造性思维。记忆不是储存经验和客观认知的仓库，它是我们的脑部活动留下的印记，充满生命力，它把客观认识和经验联结于概念、价值、情绪等等，这是我们思辨和创造的基石。

我不是想说诗人和科学家有多么相似，他们一个主观地审视自我，一个以第三者视角分析客观、真实的经验。我只是要说，当一个诗人远离了表意最明显的知识，转而通过其经验、认知、情感去探寻新的重要类比，这就与恣意的非理性没什么关系了，因为这是一场深入自我的探险，走向最深层、最基础的思想。我们也许最终可以把这种探寻视作认识个人意识和大众意识的过程。在他的诗歌里，梅斯特雷不断地、痴迷地审视自我：他诗歌中难以驯服的想象力冲破了记忆与未来的考验；一场施予自由的梦境宣告了“尊严即是旁人”，尤其是历史上不受庇护的“旁人”；一首叛逆的歌谣聚起一片呼声，召唤读者也加入其中，它也违反了旧时的教条，似乎在命令流传至今的诗歌语言一定要革新。

诗人看到了，诗人成了证人，诗人以自己聪慧的视角讲述与历史经验相悖的故事。评论家、教授尼阿尔·宾斯（Niall Binns）在提及梅斯特雷时，断然写道：“他所看见的，是他所经历的景象留下的证据，狂乱而善变：有具体的地点，有写作的领域，也有梦境与想象的景色。这些想象与梦境扎根繁衍，它们展现的画面包括欧洲的犹太人大屠杀、折磨与死亡、失踪与悼念，也包括希望，以及一个被压制的民族热切追求的乌托邦。这位诗人能够预见未来，他的世俗天赋在这些书页间显现，在他的孤独中树立一个不幸的词语（‘这个词语，连同它的影子，都是面对虚空而发，为了如今不存在的人们’），也挑衅般地坚持谈论美好与恐怖。”

梅斯特雷在极具复杂性与危险性的作品里彰显自己的观念：他反对民族主义，反对资本主义，反对宗教，反对教会，他拥护诗歌上、政治上的反叛。他把宣言写明在书中，不崇高，却有趣："加入这场反抗吧，你已在世界被重塑时浪费了梦想。"

图书在版编目(CIP)数据

梅斯特雷诗选/(西)胡安·卡洛斯·梅斯特雷著;
施洋,李瑾译. --上海:华东师范大学出版社,2021
(荷马奖章桂冠诗人译丛)
ISBN 978-7-5760-1971-1

Ⅰ.①梅… Ⅱ.①胡… ②施… ③李… Ⅲ.①诗集—
西班牙—现代 Ⅳ.①I551.25

中国版本图书馆 CIP 数据核字(2021)第 132107 号

华东师范大学出版社六点分社
企划人 倪为国

荷马奖章桂冠诗人译丛
梅斯特雷诗选

著　　者　[西]胡安·卡洛斯·梅斯特雷
译　　者　施　洋　李　瑾
责任编辑　倪为国　古　冈
责任校对　王寅军
封面设计　夏艺堂

出版发行　华东师范大学出版社
社　　址　上海市中山北路 3663 号　邮编　200062
网　　址　www.ecnupress.com.cn
电　　话　021-60821666　行政传真　021-62572105
客服电话　021-62865537　门市(邮购)电话　021-62869887
地　　址　上海市中山北路 3663 号华东师范大学校内先锋路口
网　　店　http://hdsdcbs.tmall.com

印 刷 者　上海盛隆印务有限公司
开　　本　890×1240　1/32
插　　页　1
印　　张　11
版　　次　2021 年 7 月第 1 版
印　　次　2021 年 7 月第 1 次
书　　号　ISBN 978-7-5760-1971-1
定　　价　88.00 元

出 版 人　王　焰

(如发现本版图书有印订质量问题,请寄回本社客服中心调换或电话 021-62865537 联系)